Philippe Djian

Criminels

Gallimard

Philippe Djian est né en 1949 à Paris. Il a exercé de nombreux métiers : pigiste, il a vendu ses photos de Colombie à l'*Humanité Dimanche* et ses interviews de Montherlant et Lucette Destouches, la veuve de Céline, au *Magazine littéraire*; il a aussi travaillé dans un péage, été magasinier, vendeur...

Son premier livre, *50 contre 1* paraît en 1981. *Bleu comme l'enfer* a été adapté au cinéma par Yves Boisset, et *37°2 le matin* par Jean-Jacques Beineix. Il est aussi l'auteur de *Lent dehors* (Folio nº 2437), *Sotos* (Folio nº 2708) et *Assassins* (Folio nº 2845) dont *Criminels* est le deuxième volet. Le dernier volet est *Sainte-Bob*, paru en 1998.

Pour l'essentiel, chacun pourrait être n'importe qui d'autre. Il faut s'y résoudre.

RICHARD FORD
Un week-end dans le Michigan

Marc est mon frère et j'ai du mal à l'imaginer en train de se faire enculer.

— Eh bien, c'est pourtant la pure vérité! insiste Élisabeth.

Elle n'a même pas pris le temps d'ôter son manteau. Elle me fixe par-dessus la table de la cuisine où j'ai servi le petit déjeuner, en attendant son retour. Je ne sais pas trop quelle attitude adopter. Visiblement, elle fait un effort pour se contenir.

— Ne me regarde pas comme ça, j'y suis pour rien..., dis-je.

Ses joues sont encore toutes roses. Il y a un bon kilomètre depuis la gare et, malgré le ciel bleu, la neige n'a pas fondu d'un poil. Mais je ne pense pas que l'air vif ait un rapport avec le sang qui lui bout au visage.

— Bon Dieu! Prends pas cet air étonné!..., lâche-t-elle sur un ton agacé.

Elle dégrafe son manteau, me regarde, puis hausse les épaules.

Lorsqu'elle se décide à s'asseoir, je lui sers du café. Je n'ai pas souvent l'occasion de préparer le petit déjeuner. J'ai dû me lever plus tôt pour m'occuper de la vaisselle de la veille. À vrai dire, je n'imaginais pas qu'elle reviendrait avec de bonnes nouvelles. Et j'avais raison.

Elle repose la tasse avant même d'y tremper les lèvres. Je lui demande si elle a réussi à dormir. J'essaie de gagner du temps, de réfléchir un peu. Je n'ai pas cette faculté de réaction immédiate, qui me sidère et que je trouve particulièrement développée chez Élisabeth.

Avec un soupir exaspéré, elle tire ses cheveux dans sa nuque et les noue au moyen d'un élastique qu'elle sort de je ne sais où. Puis elle me fixe à nouveau et finit par hocher la tête :

— Tu ne me crois pas, n'est-ce pas ?...

— Je te l'ai dit. Je ne l'ai pas vu depuis des années...

— Nom d'un chien ! Mais tu nous as tellement rebattu les oreilles avec celui-là !...

D'un geste, elle balaie l'air entre nous deux. Je me lève pour remettre la cafetière sur le feu. Je me rassois et passe un coup de torchon sur la toile cirée, bien que ce ne soit pas nécessaire.

Comme elle ne dit rien, je me relève et me plante devant la fenêtre, les mains enfoncées dans les poches. Je me sens soudain énervé mais incapable de réagir. Par-dessus le marché, on a écrit SALE sur la vitre arrière de ma voiture.

— Enfin, il fait ce qu'il veut…, reprend-elle dans mon dos. Ça m'est complètement égal. Là n'est pas la question.

Je ricane :

— C'est pas du tout ce que tu penses. Je sais très bien ce que tu penses.

— Non, tu n'y es pas du tout. Tu me connais mal.

Je me tourne vers elle mais je ne lui réponds pas. J'avale mon café puis descends au sous-sol.

Je vérifie le bon chargement de la batterie. Au garage, ils m'ont affirmé qu'elle était morte et que j'allais perdre mon temps. Je suis heureux de constater que cette journée ne me réserve pas que des contrariétés. Il se peut même que cette batterie me tienne jusqu'au printemps.

— Tout ce que je vois, c'est qu'il n'a pas l'intention de faire un effort…, déclare-t-elle.

Elle m'a rejoint, sous prétexte de mettre une machine en route. Je reste accroupi et la regarde enfourner nos draps par le hublot.

— Écoute, dis-je, ça ne te ferait rien de te mettre à ma place ?…

Elle cale ses poings contre ses hanches :

— Très bien ! Mais explique-moi comment nous allons faire !…

— J'en sais rien.

Je prends la batterie et m'engage dans l'escalier. Je gravis quelques marches avant d'ajouter :

— Tu aurais peut-être préféré le trouver dans une chaise roulante ?

Je ne lui laisse pas le temps de répliquer. Ou alors, je n'entends rien.

Il y a un bon centimètre de glace sur le capot de ma Volvo. L'année passée, j'avais acheté une bâche, mais on me l'a volée.

À l'aide d'un tournevis, je dégage les rainures. Puis j'installe la batterie. Au moment où je mets le contact, il me revient une scène à l'esprit. Elle remonte peut-être à une vingtaine d'années, mais elle est aussi brutale et nette que si elle datait d'hier. C'est un jour de fête. Tout à coup, une dispute éclate entre Marc et notre père. Puis je m'en mêle et nous finissons tous les trois par terre, au milieu des invités, et notre mère ne nous adresse plus la parole d'une semaine entière.

C'est si loin. Je ne peux m'empêcher de sourire. Au cours de la bagarre, notre père en prend un méchant coup sur le nez. Il pisse le sang, mais lui-même est incapable de désigner l'auteur de la mauvaise plaisanterie. Hors d'haleine, nous nous observons tous les trois, les poings encore serrés, hirsutes, débraillés. Je revois cet instant, en particulier. Des tas de gens, autour de nous, pensaient qu'un jour ça finirait mal. Même de vrais amis de la famille, des gens qui nous connaissaient bien.

Je suis gelé. Le petit thermomètre fixé sur la boîte à gants indique – 9. J'enclenche le chauffage mais l'air est projeté contre le pare-brise glacé et me retombe sur le crâne comme un sac de pierres.

14

Dès que je franchis la porte, elle déclare :

— C'est vraiment malin de dire ça. C'est *vraiment* intelligent !...

Je vais à l'évier pour me laver les mains. Et je réponds :

— N'empêche, c'est ce qu'on pourrait penser, à t'entendre...

Il n'y a pas beaucoup de conviction dans ma voix. Je commence à débarrasser la table. Elle disparaît dans la chambre, revient en enfilant un pull. Elle me fixe une seconde, puis se met à cligner des yeux et m'annonce qu'elle a quelque chose dans l'œil. Elle repart vers la salle de bains. Presque aussitôt, elle m'appelle. J'utilise la pointe d'un kleenex pour lui enlever un cil collé sous la paupière.

— Il faut que tu me laisses le temps de réfléchir..., dis-je.

Elle se jette un rapide coup d'œil dans la glace :

— Bon, ça ira comme ça ! déclare-t-elle en ôtant sa jupe.

Ensuite, elle retire son slip et le jette dans la corbeille.

— Tu ne sais pas *toujours* ce que je pense..., me confie-t-elle en passant dans la chambre. Crois-moi, tu es même très loin de le savoir !...

Elle se penche sur un tiroir et en tire une poignée de sous-vêtements qu'elle va examiner de plus près, dans la lumière du jour.

— Et je vais d'ailleurs t'apprendre quelque

chose…, poursuit-elle en se reculottant. Lorsque je me suis mariée, la première fois, mon témoin était un homosexuel. (Elle fait claquer l'élastique de son slip.) Alors ne me dis pas que tu sais ce que je pense!…

Elle aura quarante-cinq ans à Pâques. De temps en temps, au cours d'une discussion, je découvre un détail de sa vie passée. L'autre jour, j'ai appris qu'elle avait sauté en parachute, ou encore qu'elle avait été presque violée dans un commissariat. Voilà maintenant qu'elle en connaît un bout sur les homosexuels. Nous vivons ensemble depuis bientôt trois ans. Je ne suis pas allé tout vérifier.

Le téléphone sonne. C'est l'hôpital. Ils veulent savoir si nous avons pris une décision, car ils ne pourront pas garder mon père plus d'une semaine. Je leur promets de venir dans la journée.

— Garde la voiture, me propose-t-elle.

— Ça va. J'ai encore mes bras et mes jambes.

Elle m'examine puis déclare qu'elle doit me couper les cheveux. Je lui recommande de garer la voiture en pente, pour le cas où la batterie ne tiendrait pas la charge.

Elle a encore cinq minutes. Je remets le café à chauffer.

— De toute façon, c'est à toi de décider…, me dit-elle.

Je ne réponds pas, je regarde par la fenêtre.

— Ce n'était pas après toi…, soupire-t-elle. C'est ton frère, il m'a vraiment déçue…

— J'étais contre ce voyage, oui ou non?!...

— Je me faisais une telle idée de lui...

Je hoche la tête comme un buffle qui a foncé dans une barrière et ferme les yeux une seconde. Ensuite j'apporte le café. Je m'assois à la table.

— Vous avez le même nez, remarque-t-elle.

— Écoute, je crois que tu ne te rends pas bien compte.

— Je me rends parfaitement compte.

Nous nous fixons l'un et l'autre. Je lui dis :

— Écoute-moi bien... Il ne s'agit pas d'un petit vieux qui va rester sagement assis dans son coin, ne raconte pas de conneries!...

— Je sais. Nous en avons discuté.

— Mais ça ne suffit pas d'en discuter. On tourne en rond.

Elle prend une cigarette dans son sac, l'allume, puis se lève. Au bout d'un moment, je l'entends pisser. Il m'est apparu, avec l'âge, comme une impérieuse nécessité de vivre avec une femme. Je ne reviens pas là-dessus.

Elle est debout devant moi, son manteau jeté sur les épaules.

— Quoi qu'il en soit, dit-elle, il va bien falloir que tu prennes une décision. Blamont ne le gardera pas jusqu'à Noël.

— Je vais lui parler. Il faut qu'on me laisse le temps de souffler. Dis donc, est-ce que tu ne vas pas être en retard?...

— Ça va, j'ai le temps.

Et pour me le prouver, elle se ressert une tasse de café. Je lui demande :

— Tu attends quoi ?... Ça ne va pas me venir dans la seconde...

Le soleil passe au-dessus des toits et entre dans la cuisine. Je secoue la tête :

— J'aimerais bien savoir ce que tu ferais à ma place !...

— Ton frère m'a demandé la même chose.

Elle allume une autre cigarette.

— Bon Dieu ! Tu vas finir dans un sanatorium !

Je range un peu après son départ. Je vais chercher les draps et refais le lit. Avant de sortir, je me surprends au milieu du salon, immobile, sans aucune pensée en tête.

J'emprunte le vélo d'Élisabeth — j'attends que l'on me rende le mien. J'ai pris un bonnet, des gants, boutonné ma canadienne, enroulé une grosse écharpe autour de mon cou, mais un fort courant d'air glacé remonte l'avenue en sens inverse et me coupe en morceaux.

J'entre et on me demande :

— Est-ce que t'es payé pour faire du vélo avec un froid pareil ?...

Je réponds que je ne suis pas en sucre et commande un café en m'installant au bar.

— Faut qu'on trouve une culasse..., m'annonce-t-il.

— Oui, prenez votre temps. Elle se sert de la mienne, en attendant.

Il remplit deux verres d'alcool.

— Et ton dos ? T'en es où ?

— Ça a l'air d'aller… Mais je peux rien soulever.

— Et ton père ?

Je me retourne pour regarder dehors. Deux véhicules de la voirie, équipés de lames, repoussent la neige amoncelée sur le quai. Il y en a déjà un énorme tas un peu plus loin, derrière les grues, sur l'emplacement des containers. L'an passé, il a fallu attendre jusqu'au milieu du printemps pour que tout ait fondu. J'ai cru que ça n'en finirait jamais.

— Je vais à l'hôpital. Ils m'ont donné une semaine.

— La vache ! Une semaine…

Il me ressert un verre en me jetant un coup d'œil :

— Qu'est-ce que t'as décidé ?

— J'ai rien décidé… Je vais à l'hôpital, je vais voir avec eux.

Il n'y a personne au bar, la salle est presque vide. Malgré tout, il se penche vers moi :

— Je la connais, elle a bon cœur… Mais elle changera d'avis quand elle l'aura dans les jambes, crois-moi sur parole !… Allez pas vous gâcher l'existence… Tu vois, elle dit des trucs qu'elle pense pas vraiment… Tu peux y aller, je la connais…

Je le regarde sans répondre. Puis je sors en vitesse car j'aperçois Georges Azouline garant sa voiture en bas des bureaux. Il est en train d'examiner la peinture de sa portière.

— Georges, est-ce que je peux vous parler une seconde?...

Il se redresse et me sourit. C'est presque un vieillard, mais il ne faut pas s'y fier.

— Ah, Francis! Comment vas-tu? Qu'est-ce que tu veux?

Je lui souris à mon tour:

— Eh bien... Il faut que je vous parle du boulot...

— Alors ça y est? Tu es guéri?

— Oui, ça va mieux... Mais je ne peux pas porter des trucs très lourds.

— Alors qu'est-ce que tu veux?

J'enfonce mes mains dans les poches de ma canadienne, puis lui demande:

— Est-ce que je suis viré?

Il hausse les épaules:

— Est-ce que je t'ai viré?...

— J'en sais rien...

— Est-ce que tu m'as entendu dire que je te virais?

Par-dessus son épaule, je vois filer des plaques de glace sur la Sainte-Bob. D'autres se fracassent plus haut contre les piles du pont.

— Écoute, Francis, tu reprends ta place quand tu veux... Aujourd'hui, demain, dans six mois, dans dix ans... C'est toi qui décides. Qu'est-ce que je peux te dire de mieux?...

— Vous croyez que je le fais exprès?...

— C'est toi qui le sais. Pas moi.

Il termine sa phrase en me touchant l'épaule et me plante là. Le froid revient. Je lève la main en direction de quelques types qui m'ont salué avant de pénétrer sous un hangar. Le tas de neige a doublé après le départ des engins. On dirait une petite montagne. Elle a environ la taille de la somme de mes emmerdements. Et elle n'est pas près de fondre. Je la considère un moment avant de faire demi-tour, me demandant par quel miracle je ne suis pas encore écrasé.

Devant l'hôpital, j'enchaîne mon vélo à un bloc de béton. Je déteste venir ici.

Victor Blamont s'occupe du service psychiatrique. Nous avons des rapports beaucoup plus chaleureux depuis que mon père a perdu la boule. Avant, c'était juste bonjour bonsoir quand nous nous croisions au club d'aviron, tandis qu'aujourd'hui, il parle de nous inviter à déjeuner Élisabeth et moi, il pense que nous devrions fixer une date. Je ne suis pas très emballé mais c'est grâce à lui si mon père est encore là. S'il n'avait rien fait, ils l'auraient déjà flanqué dehors.

— N'exagérons rien..., me dit-il en m'offrant une cigarette. J'aimerais vous aider davantage, si je le pouvais.

— Écoutez... Ça m'arrangerait si vous pouviez le garder une quinzaine de jours... Sauf si ça doit vous attirer des ennuis.

Il sourit. Puis il se lève et vient s'installer devant moi, une fesse posée sur l'angle du bureau :

— Des ennuis?... Ne vous tracassez pas pour ça, Francis... Mais je me fais du souci pour vous. C'est une terrible décision à prendre.

— Oui, c'est compliqué.

— Francis... À votre avis, est-ce que j'ai de la sympathie pour vous?

— Oui, j'ai l'impression...

— Alors écoutez-moi, car c'est l'ami qui vous parle... Ne le faites pas. Évitez même d'y penser. Vous allez flanquer votre vie en l'air, croyez-moi...

Je hoche la tête en pinçant les lèvres. Je ne le connais pas assez pour lui parler de ma vie.

— C'est une charge bien trop lourde, poursuit-il. La pire que l'on puisse imaginer.

J'attends un peu, puis je lui demande comment il va.

— Bien..., fait-il en soupirant. Si ça veut encore dire quelque chose. Vous savez, un Alzheimer peut tenir le coup pendant dix ans. Pour votre père, c'est peut-être une maladie de Pick, je ne sais pas, mais il s'agit du même genre d'atrophie cérébrale. Dans un cas elle est diffuse, dans l'autre circonscrite...

Comme je fronce les sourcils, il m'assure

qu'il n'y a guère de différence, si ce n'est que celle de Pick est plus fulgurante. Mais il hausse les épaules pour me montrer qu'il n'en sait trop rien.

Il va se poster à la fenêtre.

— Francis, me dit-il, venez voir une seconde.

J'y vais et nous regardons ensemble le paysage. Le ciel est bleu. À son embouchure, sur la rive opposée, la Sainte-Bob est bordée de bois au feuillage vert et jaune, avec des taches d'un rouge éclatant. On brise la glace en amont, afin de pouvoir remonter jusqu'aux bassins, et de grandes plaques translucides filent vers la mer puis s'éparpillent en perdant de la vitesse. Sur la gauche, après les arbres, la neige brille en arrière-plan sur la campagne et couvre le toit des maisons.

— Vous ne trouvez pas que la vie vaut la peine d'être vécue ? finit-il par me demander.

Je réponds : «Oui... Vous avez raison» pour ne pas le contrarier.

— Vous savez..., reprend-il avec les yeux dans le vague, nous arrivons à un âge où nous n'avons plus de temps à perdre. Ne vous sentez-vous pas plein d'appétit pour ce qui nous entoure ? N'entendez-vous aucun appel ?

— Ça arrive.

Il me pose alors une main sur l'épaule et me considère avec un air amical :

— Dans ce cas, Francis, méfiez-vous. N'agissez pas à la légère. Si jamais vous décidiez de prendre votre père avec vous, j'ai bien peur que vous ne tiriez un trait sur ces choses. Arrivé à la cinquantaine, un homme doit choisir s'il veut vivre ou s'enterrer pour de bon.

Je plaisante :

— Si ce n'est que ça, je n'hésite pas une seconde !

Il veut que nous nous retrouvions plus tard pour déjeuner ensemble mais je ne me sens pas d'humeur et lui déclare que c'est impossible. Il saisit alors un calendrier et demande si Élisabeth et moi serions libres le samedi qui vient. J'hésite une seconde avant de capituler :

— Ma foi... Il faut que je voie avec elle, mais ça devrait marcher.

Il m'accompagne dans les couloirs. Les fenêtres sont garnies de grillage mais il me parle de ses courses sur les plages, au petit matin, de l'incroyable soif de vivre qu'il en éprouve.

— Au fait ! Ça ne vous tente pas ?

Il s'arrête pour appuyer sur le bouton d'un ascenseur.

— Francis, dites-vous une chose : nous n'en avons plus que pour dix ou quinze ans. C'est comme s'il y avait le feu dans la forêt, vous savez...

Je ne dis rien. J'attends qu'il grimpe dans l'ascenseur. Il me fait :

— Alors, à samedi ?

Je retrouve mon père dans sa chambre, assis à une petite table. Il est occupé à manger.

Quand il me voit, son visage s'éclaire. Il pousse l'assiette vers moi.

— Non, je te remercie.

— Prends la saucisse! me propose-t-il avec entrain.

Je secoue la tête et m'assois en face de lui.

— Alors? Comment ça va?

— Allez, prends la saucisse!...

J'en croque un morceau. Il m'observe avec un air satisfait. Chaque fois que je croise son regard et que j'insiste, il rit, comme si je venais de lui raconter une blague ou quelque chose d'insensé.

— Où est ton frère? me demande-t-il.

— Je n'en sais rien.

— Il est pas là, ce couillon?

Ils ne se sont pas vus, n'ont pas échangé un mot depuis vingt ans. Peut-être davantage.

Une femme en chemise de nuit apparaît devant la porte. Elle nous fixe avec un air effrayé.

— Tu as vu cette paire de nichons? déclare-t-il.

C'est à peu près tout ce que je reconnais en lui, ce regard lubrique qu'il jetait parfois sur une femme et qu'il voulait partager avec ses fils, très tôt, même lorsque nous étions encore des enfants. Je me souviens comme nous nous sentions mal à l'aise, et lui qui épiait nos réactions. Il est ici depuis un mois mais on dirait qu'il vient d'y passer dix ans. Je me demande s'il sait toujours qui je suis. Blamont pense qu'il doit avoir quelques éclairs de lucidité. Des éclairs, je crois que c'est le grand maximum.

Il s'est levé et fouille dans sa valise. Il en sort des poignées de sachets qu'il pose sur la table. Du sucre en poudre, en dose individuelle.

Nous allons fumer dans le couloir, près d'une fenêtre.

— Je vois ta maison, me dit-il.

Son doigt est pointé sur la caserne des pompiers.

Élisabeth travaille chez Melloson, au troisième étage. Je m'arrête au premier afin d'acheter des sous-vêtements pour mon père. Je ne sais pas ce qu'il fabrique avec et personne ne le sait.

Elle a rejoint Monique depuis un mois. À présent, elles sont toutes les deux au rayon lingerie. Normalement, ils n'aiment pas beaucoup que l'on vienne discuter avec les vendeuses mais je n'ai rien de spécial à leur dire. Il fait bon dans le magasin.

Élisabeth est occupée. Elle m'interroge du regard. Je lui fais signe qu'il n'y a rien.

— C'est une sainte!…, soupire Monique.

Elle est penchée sur le présentoir de bas qui nous sépare et les passe en revue du bout des doigts.

— Qu'est-ce que j'ai fait?…

— Tu n'as rien fait. *Pas encore…*

26

Comme je ne réponds rien, elle me glisse un coup d'œil :

— Peut-être que ça ne me regarde pas, mais je te donne mon sentiment. Des fois, je me demande si tu n'es pas complètement idiot...

— Bon, mais j'ai rien décidé.

— C'est bien ce que je disais.

J'en ai assez. Je m'éloigne. Elle revient à la charge, quelques combinaisons jetées sur l'épaule, qu'elle feint d'avoir à plier.

— Et tu n'as plus de travail !... Tu crois que tu peux te permettre d'envisager quoi que ce soit ?!...

— Le problème n'est pas là. Je peux toujours me démerder.

Élisabeth arrive. Elle demande :

— De quoi vous parlez, tous les deux ?

— Je lui dis ce que j'ai à lui dire, déclare Monique. Il n'a qu'à prendre exemple sur son frère.

— Il est assez grand pour savoir ce qu'il a à faire.

— J'en suis pas aussi sûre... (Elle s'adresse à moi :) Mince ! T'es pas tout seul !...

Je préfère m'en aller.

Malgré mon problème de dos, je sens que je serais capable d'aller faire un tour en bateau. Je n'ai pas empoigné les rames depuis une quinzaine de jours et ça commence à me manquer. J'hésite, puis je descends vers les quais. Je vois des gars en double qui remontent la rivière à la

27

hauteur des bassins. Quelques rares plaques de glace s'en échappent encore et virent dans le courant, mais c'est la fin. Et au-delà, les bras sont grands ouverts. J'hésite un bon moment. J'ai vraiment envie d'y aller mais je n'y vais pas. J'ai peur de tomber nez à nez avec Victor Blamont.

Élisabeth rentre. Je m'installe et elle me coupe les cheveux.

— Vas-y. N'aie pas peur, lui dis-je.

— Pas trop court, quand même ?...

— Comme ça, je serai tranquille.

— Je préfère te les couper un peu moins et plus souvent. Je trouve que ça te va pas.

— On dirait une fille. Fais ce que je te dis.

— Ils sont un peu longs, c'est tout. Je vais t'en enlever deux ou trois centimètres...

Je me tourne vers elle. Puis j'ôte la serviette de mes épaules et la flanque par terre. Et je me lève. Et je sors de la cuisine.

Je suis dans un fauteuil, avec le journal. Je le lis trente secondes, les cheveux encore mouillés, des gouttes tombant sur mes épaules. Je lève les yeux et elle est appuyée dans l'embrasure de la porte, le peigne et les ciseaux encore à la main.

— Tu ne crois pas que tu exagères ? me demande-t-elle.

Je replie le journal et lui dis :

— Bon, alors ?... On y va ?

Je vais me rasseoir dans la cuisine.

— Écoute, je suis fatigué.

28

— Je suis fatiguée, moi aussi, figure-toi. J'ai passé la nuit dans le train.

Pendant qu'elle arrange la serviette dans mon dos, je lui récite d'une voix traînante :

— Mais qu'est-ce que je t'avais dit ?… «Élisabeth, ça sert à rien…, Élisabeth, n'y va pas…, Élisabeth, écoute-moi…, Élisabeth, sois raisonnable…» Est-ce que tu m'as écouté ? Tu ne m'as pas écouté. Alors ne viens pas te plaindre.

Le téléphone sonne. C'est mon fils.

— Dis donc, m'annonce-t-il, j'ai deux pizzas sur les bras. Ça vous intéresse ?

— Elles sont à quoi ?

— Jambon et cœurs d'artichauts.

— C'est bon. Amène-les.

Élisabeth s'est assise en attendant. Nous sommes dans une passe difficile. Tout semble aller de travers. Je ne sais pas où ça va nous mener. Tout ce que nous touchons s'enflamme sous nos doigts.

Je reprends ma place. Elle doit remouiller mes cheveux qui sont presque secs. Puis les ciseaux se mettent à voler au-dessus de ma tête. Je crois que si je ne me retenais pas, je lui demanderais de me raser le crâne. J'ai l'impression que ça m'apaiserait un peu. Mais bon.

— Alors ?… Qu'est-ce que Blamont t'a dit ? me demande-t-elle.

— Ça va, il nous met pas le couteau sous la gorge. Il va faire le maximum. On peut compter sur lui.

Elle me penche la tête en avant. J'aperçois de longues mèches à mes pieds, différentes sortes de boucles sombres. Je poursuis :

— Il m'a à la bonne... Même qu'on est invités chez eux samedi midi. Je pouvais pas lui dire non.

— Pourquoi tu lui aurais dit non ? Au moins, ça nous changera les idées... Ils ont l'air plutôt gentil tous les deux...

— On les connaît pas vraiment. Peut-être qu'ils font ça parce qu'ils s'emmerdent...

— Dans ce cas, ils ont raison d'essayer de faire quelque chose.

Je saisis le sous-entendu. Mais je préfère ne pas répondre.

Quelques minutes plus tard, Patrick arrive avec ses pizzas. Je suis dans la salle de bains, en train d'examiner ma nouvelle tête. Je pense au feu qui a pris dans la forêt. J'entends Élisabeth lui demander s'il veut les manger avec nous. Il dit non, qu'il a juste le temps de s'asseoir cinq minutes. Je les rejoins dans la cuisine. Je lui fais :

— Et mon vélo ?

Il me fixe une seconde, puis secoue la tête :

— Oui, je sais...

— J'en ai besoin. On était d'accord pour une semaine. Tu n'as qu'à te débrouiller.

Sur ce, je passe devant lui et me penche sur les pizzas. J'ajoute :

— Je voudrais bien avoir à plus te le réclamer.

Je suppose qu'ils se regardent dans mon dos ou qu'elle lève les yeux au ciel pendant qu'il serre les dents mais ça ne me fait ni chaud ni froid. Si, à vingt ans passés, on m'avait volé mon vélo, je ne serais pas allé chercher celui de mon père. De toute façon, il m'aurait envoyé promener.

Je me retourne et lui déclare :

— C'est une question de respect des autres. Tu ne peux pas te contenter de me refiler ton problème. Ça ne marche plus comme ça.

Je n'arrive pas à savoir si ce que je lui dis a le moindre effet sur lui. Il est comme sa mère. J'ai vécu dix ans de ma vie aux côtés d'une femme que je n'ai jamais pu approcher. D'autres s'en sont chargés à ma place.

— Bon. Tu as fini ?..., s'interpose Élisabeth.

— Ça va mieux, ton dos ?

C'est le roi du changement de conversation. Sa mère, quand je voulais savoir ce qu'elle avait dans le crâne, se contentait de détourner les yeux.

— En tout cas, on ne voit rien sur les radios..., déclare Élisabeth.

— C'est pas parce qu'on voit rien sur les radios que j'ai pas le dos brisé !... Mais t'es libre de croire ce que tu veux. T'es pas obligée de vivre avec un menteur...

— J'ai pas dit que t'étais un menteur.

— Mais c'est ce que tu penses.

Je vois frémir les ailes de son nez. Puis elle se tourne vers Patrick :

— Il faut que tu saches que ton père a un don particulier : il peut lire dans mes pensées. Bientôt, je n'aurai même plus besoin d'ouvrir la bouche !

— C'est vrai qu'on peut pas discuter avec toi..., me dit-il.

— Bah, ça ne fait rien..., enchaîne Élisabeth en attrapant son sac. C'est pas maintenant qu'il va changer... (Elle se sert et jette le paquet de cigarettes sur la table.) Enfin..., ça n'en prend pas le chemin !

Je ricane dans mon coin. Élisabeth me regarde en allumant sa cigarette, puis finit par demander à Patrick comment il me trouve. Avant qu'il ne réponde, elle me dit avec un air résigné :

— Tu ne fais aucun effort !... Tu t'en fous pas mal !...

J'allume le four et glisse les pizzas à l'intérieur pour les garder au chaud. Patrick lui raconte qu'une fois, je me suis rasé la tête et que sa mère en avait fait une maladie. Je leur dis :

— Je connais un type qui est mort d'un cancer et ils ont jamais été fichus de le trouver.

— Francis... Tu n'as pas de cancer !..., soupire-t-elle.

— Est-ce que je sais ce que j'ai ?!... Tu crois que je vais prendre ces radios pour la parole de Dieu ?!...

— Tu n'as pas de cancer... c'est tout ! reprend-elle avec un air buté.

— Alors appelle pas ça « cancer ». Appelle ça « couille dans le potage » si ça te fait plaisir !

— Quand même, t'exagères…, marmonne Patrick. On t'a pas dit que t'avais rien. On dit seulement que c'est peut-être pas si grave…

Je le dévisage une seconde avant de lui donner mon sentiment :

— Je me pose toujours la même question avec toi : comment ça se fait que t'es toujours dans leur camp ? T'en as pas un peu marre ?…

Son front se plisse comme une vieille peau de fesse. J'ajoute :

— Que ça t'empêche pas de me rapporter mon vélo. Je t'ai expliqué que j'en avais besoin. Maintenant, salut ! Je vais prendre ma douche.

Quand je ressors, il est parti. Élisabeth et moi mangeons ses pizzas en silence, puis elle me déclare :

— Tu pourrais être un peu plus gentil avec lui.

— Crois-moi. Sa mère et lui m'ont rendu la vie difficile.

— Mais voyons, c'était un gosse !… C'était normal…

— Je trouve pas que c'était normal… Je pouvais jamais avoir de conversation avec lui. C'est pas maintenant que ça va commencer.

Je me lève pour débarrasser. J'ai juste le temps de lui retirer son assiette avant qu'elle n'y écrase sa cigarette La voilà qui cherche un cendrier.

— Tu me fais rire, dis-je. Tu fais partie de ces gens qui s'imaginent que c'est un grand bonheur d'avoir des enfants. Je vais te dire une chose : ça marche pas à tous les coups. C'est même rare que ça arrive.

Elle se rassoit à la table et en allume une autre pendant que je me mets à la vaisselle.

— Tu vois, je suis persuadée que j'aurais été une bonne mère. Non ? Qu'est-ce que t'en penses ?...

Je regarde le mur, face à moi, au-dessus de l'évier.

— J'en sais rien... Pourquoi pas ?...

— Prends Monique, par exemple. Ça l'intéresse pas du tout. Je veux dire que c'est pas si évident.

— Oui, mais comment savoir ?... Comment veux-tu répondre à ça ?...

— Est-ce que je t'ai dit que j'ai failli en avoir un, une fois ?

— Tu parles !...

— Je suis sûre que je ferais pas tant d'histoires pour un vélo.

Je m'essuie les mains en la regardant :

— L'important, c'est que tu en sois sûre.

Un moment plus tard, dans le salon, j'apprends par le journal local que Victor Blamont est nommé président du club d'aviron.

— Tiens ! Et en quel honneur ?..., s'étonne Élisabeth.

Je hausse les épaules pour lui montrer que je

n'en sais rien. Elle est en train de s'épiler les sourcils au-dessus d'un miroir qu'elle tient calé entre ses genoux.

— Alors?... T'es sûr que tu veux pas venir? T'aimes plus Clint Eastwood?

Je secoue la tête en continuant ma lecture. Puis je m'écrie :

— Ah! On y est! Il a fait un don l'année passée. Ils disent pas de combien, ils disent un don «important». Bon Dieu! Il doit être plein aux as, le petit salaud!... Tu sais pas ce qu'il m'a sorti, ce matin? Que la vie valait la peine d'être vécue!

Je lâche le journal et me renverse en arrière, les mains croisées dans la nuque.

— Voilà un type qui aurait fait un père magnifique, dis-je. Du fric et une bonne philosophie!

Le lendemain matin, après le départ d'Élisabeth, je reçois un coup de fil de Marc. La dernière fois que nous nous sommes parlé, je n'étais pas encore avec elle. C'est dire que ça ne date pas d'hier. J'en tombe raide dans un fauteuil.

— Marc?... Je t'entends pas bien. T'es où?...

— Je suis chez moi. Alors?... Que se passe-t-il? J'ai eu la visite de ton amie... Bon sang! Est-ce que tu as perdu la tête?!...

— Dis donc, c'est pour m'engueuler que tu me téléphones?

— Tu sais très bien que je ne veux plus entendre parler de lui.

— Je voulais pas qu'elle aille te voir. Qu'est-ce que tu lui as dit?

— Je ne lui ai rien dit. Mais laisse-le où il est, tu m'entends?!...

— On peut pas le laisser où il est. Ils vont le virer dans une quinzaine de jours.

— Ils ne vont pas le mettre dehors. Il ira dans un asile.

— Oui, je suis allé voir. Mais tu ne mettrais même pas un chien là-dedans. Et les trucs bien sont hors de prix.

— Francis... Écoute-moi bien... Je ne supporterais pas qu'il puisse finir ses jours dans un hôtel quatre étoiles... Même si j'en avais les moyens, je ne lèverais pas un seul petit doigt pour lui!

— Va expliquer ça à une femme comme Élisabeth... Le jour des Morts, elle a encore une larme qui lui tombe de l'œil!

— Je veux savoir une chose... Est-ce que tu envisages de le prendre avec toi?

— J'ai encore rien décidé. Mais je crois pas.

— Tu sais que je ne te le pardonnerais jamais, n'est-ce pas?...

— Oui, je m'en doute.

— Et tu le ferais quand même?

— J'en sais rien... Dis donc, il paraît que t'es devenu pédé?

Il a un petit rire, à l'autre bout du fil.

— Ma foi... Je ne t'en avais jamais parlé?

— Non. On se parle pas très souvent.

— Et ça te dérange?...

— De quoi? Qu'on se parle pas très souvent?

— Tu sais, il n'y a pas grand-chose à dire là-dessus.

— N'empêche qu'il t'aurait flanqué un coup de fusil, s'il avait appris ça.

— Est-ce qu'il aurait été capable d'autre chose?...

Je reste un bon moment dans le fauteuil après avoir raccroché. Et tout au long de la journée, je suis poursuivi par cette conversation, je n'arrête pas d'y penser.

Je perds une partie de la matinée avec les fils de Paul. Je dois démonter moi-même une culasse sur une épave et la leur apporter si je veux qu'ils mettent leur nez dans la voiture d'Élisabeth. Il fait beau mais un vent glacé balaie le terrain et j'en bave des ronds de chapeau avec cette histoire. Puis je retourne en ville et je laisse les sous-vêtements de mon père à une infirmière. Je ne vais pas le voir. Le ciel se voile un peu dans l'après-midi et quelques flocons tourbillonnent un moment dans les airs pendant que je discute avec des gars sur les quais, autour d'un feu ronflant dans un bidon, je leur dis que je ne sais pas quand je vais pouvoir reprendre. Je circule encore un moment en ville, je descends au club d'aviron pour me montrer et je donne un coup de main pour rentrer quelques embarcations et les ranger sous le hangar après les avoir passées au jet d'eau. Je rentre à la nuit presque tombée, après avoir fait des courses. Je prépare le repas en attendant Élisabeth. Mais depuis le matin, cette conversation avec Marc ne m'est pas sortie de la tête. Après dîner, je retourne dans le fauteuil. Et je termine la soirée le verre à la main et la bouteille de whisky posée sur la table.

Le samedi midi, Élisabeth et moi, on tourne en rond dans le quartier résidentiel, le cou tordu en direction des panneaux portant le nom des rues. On a l'impression d'être dans un pays étranger, avec un plan écrit en chinois.

On est sur notre trente et un. La veille, Élisabeth m'a envoyé faire laver la voiture et ce matin, elle m'a coupé les poils du nez. Je la sens un peu nerveuse. Tantôt, elle regarde sa montre. Tantôt, elle déclare qu'on ne va jamais y arriver.

— Tu sais, lui dis-je, t'es drôlement excitée.

— On a déjà un quart d'heure de retard.

— Peut-être. Mais je trouve que t'es drôlement excitée.

— Certainement pas !

Je laisse échapper un petit rire, sans desserrer les dents.

On finit par tomber dessus. Élisabeth me demande d'attendre une minute et empoigne le rétroviseur tandis que j'observe la maison.

— Tu vas voir..., dis-je. Je parie qu'on va s'emmerder...

— Mais non... Comment je suis ?

J'avance dans le jardin et me gare devant leur porte. On sonne. Victor Blamont vient nous ouvrir. « Ma chérie !... Les voilà !... », lance-t-il par-dessus son épaule, avec un air réjoui. Élisabeth lui dit que nous sommes en retard. Il répond : « Pas du tout ! Pas du tout ! Mais non, voyons, c'est parfait !... » Et il l'embrasse. Je lui serre la main. Quand je lui donne la bouteille, il me fait en fronçant les sourcils : « Mais Francis, vous n'auriez pas dû !... » Puis il me glisse un clin d'œil et se décide à nous faire entrer.

Juliette Blamont est une assez jolie femme. Élisabeth la connaît mieux que moi car elles se sont vues quelquefois chez Melloson et ont discuté un peu ensemble. On dirait les meilleures amies du monde. Victor et moi échangeons un sourire pendant que les deux femmes se tiennent les mains. Quand mon tour arrive, je lui dis : « Madame Blamont ! Quel plaisir de vous revoir !... » Tout le monde rigole. Il paraît que nous devons nous appeler par nos prénoms.

On nous emmène prendre l'apéritif au milieu du salon, dans une espèce de caisson aménagé au ras du sol, rempli de canapés, de coussins jetés par terre, autour d'une table basse. Je cherche les marches mais il n'y en a pas. Victor saute à l'intérieur. Je le suis. Puis je donne la main à Élisabeth tandis que Juliette descend tout droit par le milieu d'un canapé.

Les femmes prennent place. Victor se tourne vers le bar. Je dis :

— Vous savez, nous sommes contents d'être là !

Eux, ils sont contents que nous soyons là.

Victor propose un cocktail de son invention mais d'après Juliette, c'est une vraie charge de dynamite. Victor m'interroge du regard et je lui fais signe que ça me va très bien.

Dix minutes plus tard, je sens que je suis incapable de me relever. Mais c'est une sensation agréable, un peu comme si mes jambes étaient plongées dans un bain chaud. Mon corps est parfaitement détendu. Je souris à la moindre plaisanterie. Je lève mon verre en direction de Victor avec un air reconnaissant. Il me le remplit de nouveau.

Au bout d'un moment, les deux femmes s'en vont visiter la maison. Je reste avec Victor. Il me regarde au fond des yeux et me dit :

— Est-ce que vous avez l'impression qu'on vous tombe dessus ?...

Je le rassure aussitôt et lui tends mon verre.

— C'est parce que le temps nous est compté, Francis..., m'explique-t-il d'une voix douce. Vous comprenez, nous devons foncer...

Je suis d'accord. Je lui parle de ma coupe de cheveux, je plaisante, je lui dis que c'est pour foncer. Nous nous faisons face en souriant.

Nous discutons encore puis il finit par m'avouer qu'ils n'ont pas de véritables amis ici.

— Enfin, peut-être que nous sommes diffi-ciles..., admet-il.

Je secoue la tête :

— On n'est jamais trop difficile pour choisir ses amis.

— Oui. Et comme je le dis à Juliette, nous n'avons pas le droit de nous tromper. (Il me cligne de l'œil et lève son verre à ma santé :) Plus de temps à perdre, n'est-ce pas Francis ?...

Je lui en sors une bonne :

— Eh non !..., fais-je avec un regard entendu. Le feu est déjà dans la forêt !...

Nous buvons en savourant un doux moment de détente. Je me penche pour attraper une poignée de cacahuètes. Il me demande :

— Et votre dos ? Est-ce que ça s'arrange ?

J'ai la bouche pleine. Je commence par lui adresser un geste vague. Puis je lui explique :

— Y'a pas grand-chose sur les radios... Ils sont un peu inquiets. Mais ça va, tant que je n'ai rien de très lourd à porter. En fait, c'est tout ce que je demande. J'ai trop forcé là-dessus, voilà ce qu'il y a... Mais ça va.

— Bon, écoutez-moi, Francis... Je vais vous montrer quelques trucs simples...

Et ni une ni deux, il se couche par terre. Il croise ses mains derrière la tête et replie ses genoux sur sa poitrine.

— Regardez-moi bien, ajoute-t-il. Cet exercice-là, vous m'en direz des nouvelles! Dix minutes tous les matins et vous finirez par crier au miracle. Suivez-moi bien...

Il commence et je le regarde attentivement.

Quand il a fini, il s'assoit et me dit que je dois me concentrer sur l'énergie qui vient du ciel et pénètre au fond de moi à travers mon plexus solaire. Je lui réponds que c'est noté. Il m'en montre alors un autre destiné à renforcer ma sangle abdominale, puis un troisième qui agit directement sur les reins et les rend durs comme de l'acier.

Il se relève.

— Et quand vous êtes devant votre lavabo, poursuit-il, ne vous penchez pas en avant, mais gardez le dos bien droit et pliez les jambes. Gardez la position du cavalier. C'est une habitude à prendre.

Il se rassoit devant moi et les filles reviennent. Victor déclare à Élisabeth qu'il vient de m'indiquer quelques exercices pour mon dos et qu'il compte sur elle pour me surveiller.

— Oh ça, il ne le fera pas! lui répond-elle en souriant. Je le connais...

— Non, je vais le faire..., dis-je.

— Ce serait bien la première fois!..., déclare-t-elle sans me regarder. Vous savez, lui faire prendre un cachet d'aspirine, c'est déjà toute une histoire. Enfin moi, j'y ai renoncé.

Je rigole :

— Qu'est-ce que tu racontes?...

— Eh bien, Victor, vous vous arrangez avec lui!..., poursuit-elle sur le ton de la plaisanterie. Moi, je ne me mêle pas de cette histoire...

— Enfin, qu'est-ce que tu chantes? Tu me fais passer pour quoi?...

Elle me glisse un bref coup d'œil :

— Pour rien. Simplement, je ne veux plus entendre parler de ton dos. Je crois que j'ai fait tout ce qui était possible...

— Ah Francis, mon vieux, ce n'est pas sérieux!..., ajoute Victor.

Je m'adresse à Élisabeth :

— Tu dis n'importe quoi.

— Je dis ce qui est, insiste-t-elle.

Juliette se lève avant que je n'aie le temps de répliquer et se plante devant moi.

— Très bien, Francis... Montrez-moi votre dos, me demande-t-elle de but en blanc.

Elle me considère avec le sourire aux lèvres, mais je vois bien qu'elle attend vraiment que je m'exécute. Je regarde Victor.

— Allez-y... Elle ne va pas vous manger, me rassure-t-il.

— Qu'est-ce que je vous disais..., soupire Élisabeth.

Je lève les yeux vers Juliette, puis je les rebaisse et secoue la tête en riant :

— Bon sang, oubliez ça...

Elle me saisit le bras. En temps normal, je me serais dégagé. Mais je suis suffisamment éméché pour laisser faire. Et me voilà debout devant elle, ne sachant plus ce qu'elle me veut. Je demande si nous passons à table. Elle rit et dit qu'elle en a pour une seconde et que je dois enlever ma veste. Je ne suis toujours pas très chaud.

Élisabeth déclare à Victor :

— Je lui ai pris des rendez-vous auxquels il n'est même pas allé !...

— Vous allez voir... Je suis impatient de connaître l'opinion de Juliette.

Je cède. Mais je les préviens qu'on m'a déjà examiné sous toutes les coutures. Ensuite, je dois aussi sortir ma chemise de mon pantalon.

— Écoute..., soupire Élisabeth. Ne fais pas tant d'histoires !...

— T'es marrante !...

Juliette a les mains chaudes. Je sens les premiers signes de ma mauvaise humeur refluer comme une bande en déroute. J'entends Élisabeth qui continue et raconte que je ne veux jamais écouter personne. Mais je ne relève pas. Je me penche en avant, guidé par la pression des mains. D'après Victor, Juliette a un don extraordinaire, une très grande puissance magnétique. Je pense : «Alors faut pas qu'elle me touche la bite !...» et je me mets à rire tout seul.

— Excusez-moi, c'est nerveux..., dis-je.

Victor prétend que certains ont été secoués par des crises de larmes à la suite d'un tel contact, et à l'entendre, Juliette serait une sorte de pile électrique. Dans le genre, je me suis promené pendant quinze jours avec des aimants scotchés dans les reins, mais je ne veux contrarier personne.

Pour finir, elle referme une main sur ma nuque et m'applique l'autre à plat dans le bas du dos.

On attend. Je suis prêt à tout. Un type m'a planté des aiguilles enflammées. Un autre m'a pris à bras-le-corps et m'a tordu dans tous les sens. C'est le tour de la femme aux mains chaudes.

Une minute plus tard, j'ai le droit de me rhabiller.

— Alors? Qu'est-ce que ça dit?..., demande Victor.

Elle s'assoit sur le bras d'un fauteuil et semble réfléchir une seconde. Puis elle se tourne vers son mari :

— Tu te souviens de cette femme que j'ai soignée, il y a cinq ou six ans, cette Parisienne?...

— Est-ce que tu veux dire que...

— Eh bien, il y a peut-être moins de tensions dans la nuque... Mais plus rien ne passe au niveau des reins. (Elle se tourne vers moi :) Francis, imaginez que votre moelle épinière fait un horrible nœud!...

Élisabeth porte sa main à sa bouche et retient son souffle. Je termine mon verre d'un seul coup. Victor propose de continuer cette conversation à table.

En fait, c'est une image. Je n'ai pas vraiment un nœud dans les reins, mais le résultat est le même. Et Élisabeth, qui s'imaginait que je n'avais rien du tout, n'ose plus trop la ramener.

— Tu vois, lui dis-je. Il ne faut jamais parler sans savoir.

— Reconnais qu'on ne voyait rien sur les radios…

— On ne voit pas ça sur une radio, intervient Victor tout en découpant la viande.

— C'est ce que je me suis tué à lui dire… On a l'exemple d'un voisin qui est mort d'un cancer. Les types retournaient ses radios en long et en large et personne n'y voyait rien !

Victor lève les yeux sur moi et m'adresse un sourire apaisant :

— Oui, mais ne craignez rien, Francis… Elle va vous arranger ça.

— Non, attends une minute…, lui répond Juliette. Il n'est pas question de forcer qui que ce soit.

Il fait comme s'il n'avait rien entendu :

— Vous pouvez croire ce que je vous dis…, me confie-t-il avec un regard appuyé.

Il paraît que je suis bourré de toxines, que ma lymphe est envahie de nodules et Dieu sait quoi encore. Qu'ils s'agrègent en particulier au niveau des reins et que ça ne va pas aller en s'arrangeant. Que faute d'être évacués, ces poisons vont se disséminer à travers tout mon corps.

46

— C'est ça que tu veux ?!..., me lance Élisabeth.

— Raconte pas de bêtises...

Juliette dit qu'elle comprend très bien, que j'en ai sans doute assez de courir d'un médecin à un autre sans obtenir de résultats.

— Oui, mais je veux pas que vous vous sentiez visée. Je mets pas vos capacités en doute.

Victor se lève pour aller chercher le dessert.

— Laissez-moi quand même vous proposer quelque chose, me dit-elle gentiment. Essayons au moins une séance... Je pense que ça vaut le coup. Sincèrement. Ensuite, ce sera à vous de décider. Ne dites pas non : il va me reprocher de ne pas avoir insisté.

Je regarde Élisabeth. Durant une moitié de seconde, je la trouve moins emballée. Mais elle déclare aussitôt :

— Si tu ne le fais pas pour toi, fais-le pour moi.

Victor revient avec des mousses au chocolat et des gaufrettes en forme d'éventails.

— Alors ?... Est-ce qu'il a fini par se décider ?..., lance-t-il à la cantonade.

Il y a un autre coin avec des canapés, devant une baie qui donne de l'autre côté de la maison. On nous y emmène pour boire encore quelques verres. Victor me passe la main dans le dos et me glisse à l'oreille que notre présence le réjouit. Je crois qu'il est sincère. Moi-même, je trouve l'ambiance plutôt bonne. Nous décortiquons deux cigares, debout devant la baie, pendant que les filles se racontent leurs histoires. Au loin, la Sainte-Bob se faufile comme un serpent doré à travers la campagne recouverte de neige.

— Nous avons failli prendre une maison face à la mer, me dit-il. Mais ce paysage est plus reposant.

Je le laisse allumer mon cigare. Nous sommes de la même taille mais je pèse plus lourd que lui et je me rends compte que je ne suis pas le plus imbibé des deux. Je le vois à l'éclat de son regard.

On se replonge une seconde dans le paysage.

— Vous savez ce qui cloche ? me fait-il sans se tourner vers moi. On ne fréquente que des médecins, des avocats, des notables... Autant dire les gens les plus chiants du monde. Je vais vous avouer une chose : je ne peux plus en voir un seul en peinture.

— De quoi parlez-vous, tous les deux ?..., demande Juliette. Qui est-ce que tu ne peux plus voir en peinture ?

On fait demi-tour.

On discute du manque de vrais rapports entre les gens et après quelques verres, Victor se retrouve en chaussettes. Juliette hausse le sourcil.

— Est-ce que tu crois que ça les gêne ?!..., lui fait-il. Est-ce que tu penses que nous avons affaire à nos emmerdeurs habituels ?!...

— Vous cassez pas le bonnet pour nous, dis-je.

Cette fois, nous commençons à en tenir une bonne. Même les filles ont le verre à la main. Et le ciel vire au rose orangé.

— Quand un homme ne peut pas se promener en chaussettes, déclare Victor d'une voix sombre, c'est qu'il n'a plus d'amis.

Il se penche vers moi pour venir me toucher la jambe, puis se renfonce dans son coussin avec un air satisfait.

Et il me demande :

— Francis, est-ce que vous jouez au golf ?

— Ah non. Désolé.

— Parfait ! Je déteste ça.

— Méfiez-vous, Francis…, plaisante Juliette. Je crois qu'il cherche quelqu'un pour courir avec lui.

— Attention… Pas n'importe qui ! précise-t-il.

— Pourquoi pas ? Ça ne te ferait pas de mal…, juge Élisabeth.

À tout casser, j'ai pris deux kilos depuis que je ne travaille plus. J'ai l'impression qu'elle fait une fixation là-dessus alors que ça se remarque à peine. Je le tourne à la rigolade :

— Qu'est-ce qu'il y a ? Je te plais plus ?…

— Oh, je dis ça pour toi… Parce que plus ça va, plus les kilos sont durs à perdre.

— En fait, ce qui est injuste, déclare Juliette, c'est que les hommes vieillissent beaucoup mieux que nous. Avec l'âge, un homme peut acquérir un certain charme, même s'il n'a plus le corps d'un jeune homme. Tandis qu'une femme est vite considérée comme une vieille peau. Est-ce que ce n'est pas la vérité?

Comme elle a l'air de s'adresser à moi, je lui réponds :

— Ma foi, y'a quand même du vrai dans ce que vous dites. Ça se peut bien.

— Reconnais, me fait Élisabeth, que si je me laissais aller, tu serais le premier à râler.

— Qu'est-ce que vous croyez? Victor est pareil! renchérit Juliette sur un ton amusé. Le jour où ils décideront que nous avons les seins qui tombent, nous pourrons nous rhabiller.

Je glisse un œil en direction de Victor mais il semble avoir un coup de pompe. Il se contente de lever une main vague qui retombe sur le canapé.

— Ne venez pas nous dire le contraire, reprend-elle avec le sourire aux lèvres.

Je réfléchis une seconde, puis je lâche en attrapant son regard :

— Je vous dis pas le contraire.

Elle éclate de rire :

— Francis, vous êtes épouvantable!...

Je fais le type malicieux :

— Faut pas me demander de choisir entre des seins qui tombent et une paire bien accrochée.

— Tu crois que c'est malin de dire ça? se renfrogne Élisabeth.

— Je parle pas pour toi. T'as pas de complexes à avoir de ce côté-là.

Tout de suite, ça va mieux, ça lui redonne confiance. Mais pas au point de me remercier.

— Enfin, poursuit-elle sur un ton plus léger, je voyais ça d'une manière générale...

— Au moins, nous savons à quoi nous en tenir..., plaisante Juliette.

Je m'adresse à Victor :

— Eh, dites, ne me laissez pas tomber!... Je vais me faire découper sur place!

Il est en train de fixer un point droit devant lui. Avachi dans les coussins, il déclare d'une voix blanche :

— Nous sommes à un tournant, Juliette et moi. Nous ne savons pas ce qui va se passer.

— Victor, je t'en prie..., soupire-t-elle.

— Il n'y a pas de honte à ça. C'est une chose dont nous pouvons parler entre amis.

Qu'il croit. Mais Juliette se lève et va regarder dehors, une épaule appuyée contre la baie. On ne rigole plus. J'échange un coup d'œil inquiet avec Élisabeth tandis que Victor reprend :

— Nous ne savons pas très bien ce qui nous arrive. Nous nous posons des questions.

— Je doute que ça les intéresse, dit-elle. Je ne vois vraiment pas ce que ça a d'original.

Il tourne la tête vers nous, sans la décoller du dossier, sans essayer de se redresser. Il esquisse un sourire :

— Je ne veux pas jouer la comédie avec vous.

Je veux que vous nous regardiez, Juliette et moi, tels que nous sommes. Je veux dire : pas de simagrées entre nous.

Juliette respire et secoue la tête en souriant :

— Mon Dieu, Victor !... Tu ne crois pas que tu en fais un peu trop ? !...

— Est-ce qu'on en fait trop lorsqu'on est sincère ? marmonne-t-il. (Il nous regarde encore un coup :) Est-ce que vous voulez voir une belle façade ou ce qu'il y a à l'intérieur ?...

Je laisse Élisabeth répondre :

— Vous nous posez la question ?...

Pour le punir, je lui ressers un verre. Il se met à neiger doucement avec le coucher du soleil. Je me sers aussi et j'annonce que c'est le dernier. Victor dit : « Pas question ! Nous vous gardons à dîner. » C'est ce que je craignais un peu. Dans l'état où il est, je m'étonne qu'il ne nous offre pas la chambre d'amis. Je prétends qu'on ne peut pas. Il me fait : « J'ai rien entendu. » Le bras de fer commence. On tire sur la couverture à tour de rôle pendant que Juliette nous énumère le contenu du réfrigérateur. Mais Élisabeth et moi, on tient bon. Et elle a ce coup de génie, elle me saisit soudain le bras et m'interroge :

— C'est pas ce soir que ton frère doit nous appeler ? !...

Je soupire :

— Bon, alors on est coincés. Alors là, c'est râpé.

Victor garde la bouche ouverte, mais il n'ose plus insister. J'ajoute :

— Il a besoin de me parler de temps en temps. Ça lui fait du bien.

— Il est malade ?

— Non. Il est écrivain. C'est un type formidable.

On discute encore un moment. Puis on se lève, on enfile nos manteaux, et on discute encore devant la porte. Puis sur le seuil, les pieds dans la neige. On vérifie qu'on s'est tout dit, qu'on n'a rien oublié. Puis Élisabeth et moi grimpons dans la voiture. On agite les bras des deux côtés.

Je mets le contact et il ne se passe rien.

«Tu ne vas pas me faire ça !...» couine aussitôt Élisabeth. Alors que je n'ai même pas prononcé un mot et qu'elle me tourne le dos, adressant des «coucou !» de la main aux deux autres.

Je descends pour aller expliquer le problème. Je déclare que je n'y comprends rien. Ils ont l'air d'avoir froid. L'air est glacé. Je relève mon col. Je leur dis qu'ils feraient mieux de rentrer, que nous allons nous débrouiller.

Élisabeth a déjà pris place derrière le volant. Je pousse. Victor arrive. Il est en chemise. Le soir tombe.

— Mais non... vous emmerdez pas !...

— Ah, ça va me faire du bien, Francis ! J'ai besoin de respirer un peu.

Il n'est pas le seul.

Nous poussons la Volvo sur une centaine de mètres en courant. Élisabeth rate son coup. Nous recommençons. La Volvo a quelques hoquets, puis elle s'immobilise. Le souffle court, je vais frapper au carreau. Je donne à Élisabeth certaines directives. La présence de Victor nous empêche d'avoir une franche discussion sur la manière de se servir d'un embrayage.

Nous nous y remettons. Ça ne marche pas davantage. Je ne dis rien. Je donne un coup de poing sur le coffre. Victor grimace et se tient le côté. Moi aussi. Nous ne pouvons même plus parler. Élisabeth baisse son carreau et nous annonce qu'elle aperçoit une petite pente un peu plus loin.

Cette fois, c'est la bonne. Les poumons brûlants, le front barré d'une sueur glacée, je regarde la Volvo s'engager sur la pente. Durant un moment, elle effectue encore quelques bonds, puis on entend le moteur. Je me tourne vers Victor :

— Nom de Dieu ! Elle m'a tué !

Il reprend son souffle, les mains sur les hanches, plié en avant. Un peu de neige tourbillonne autour de nous. Quelques brèves rafales de vent la soulèvent du sol et la renvoient en l'air. Je lui fais :

— On peut dire qu'on finit en beauté, vous croyez pas ?

Il se met à dégueuler au beau milieu de la route. Éclabousse ses chaussures.

J'attends qu'il ait fini.

Puis je l'entraîne sur le bas-côté.

— Prenez un peu de neige pour vous essuyer la figure.

Pendant qu'il se penche pour en ramasser, je lui frictionne le dos un bon coup.

— Avancez là-dedans, ça va nettoyer vos chaussures.

Je suis obligé de rester près de lui car il n'est pas très solide sur ses jambes.

— Vous avez vu ça ? bredouille-t-il. Je suis malade comme un chien !

— Ça va, vous avez passé le plus dur.

— Je me sens humilié.

— Eh ben, il vous en faut pas beaucoup.

Je jette un coup d'œil sur la route pour voir ce qu'elle fabrique. J'aperçois les feux de la Volvo tout en bas. Je marmonne :

— Qu'est-ce qu'elle attend pour faire demi-tour ? !

— C'est terrible, ce que je me sens humilié... C'était notre première fois, Francis, et regardez de quoi j'ai l'air !...

— Eh ! Je suis pas votre petite amie... Je m'arrête pas à des trucs pareils !...

— Bon. Mais quand même.

Comme Élisabeth n'arrive pas, je lui mets mon manteau sur les épaules et je le raccompagne chez lui. Quand elle franchit le portail, nous sommes dans le jardin. Je n'ai pas besoin de lui expliquer ce qui se passe car Victor est de nouveau en train de vomir. Je lui dis de laisser tourner le moteur. Elle me rejoint et on attend que Victor, qui s'appuie d'une main contre un arbre, ait terminé sa besogne.

— Je ne comprends pas que tu t'entêtes à ne pas vouloir changer cette batterie !..., me glisse-t-elle.

— Je t'ai expliqué pourquoi. Une batterie, ça se recharge. Qu'est-ce que tu crois qu'ils font ?

Elle s'allume une cigarette.

— Ça va ? me demande-t-elle. Tu te sens pas malade ?

— J'ai l'air de me sentir malade ?

Au bout d'un moment, je finis par aller le chercher. Il a les yeux à demi fermés et se cramponne à une branche. Cette fois, il y en a sur sa chemise et sur le bas de mon manteau.

— Je vous en prie !... Laissez-moi !..., gargouille-t-il d'une voix faible pendant que je l'attrape à bras-le-corps.

— Fais attention à ton dos, me conseille Élisabeth.

On sonne à la porte.

On entend Juliette crier d'une fenêtre :

— Merde ! Je suis dans la salle de bains ! Tu n'as pas tes clés ?!...

— C'est nous, Juliette !... Hou ! Hou ! On ramène Victor !... Il va pas très bien !...

Elle descend nous ouvrir.

Je l'ai à peine posé dans un fauteuil qu'elle le gifle à la volée.

— Dites voir, lui fais-je sur un ton contrarié. Je crois pas que ce soit la bonne méthode...

Elle prend un air étonné :

— Ah bon... Vous êtes sûr ?

Victor n'a pas réagi mais ses joues ont pris une belle couleur. Quant à Juliette, elle semble avoir oublié l'incident et nous remercie de l'avoir ramené.

— C'est de notre faute, dis-je. On l'a fait courir dans ce froid et il était barbouillé... Est-ce qu'on peut vous aider à quelque chose ?

Elle lui jette un coup d'œil et nous rassure :

— Non, c'est un grand garçon. Il va se débrouiller.

Je n'en suis pas certain, mais je n'insiste pas.

Juliette nous raccompagne avec le sourire.

Je démarre. Nous redescendons vers le centre sans prononcer un mot. Lorsque nous arrivons dans un coin plus éclairé et que je m'arrête à un feu rouge, Élisabeth rompt le silence en poussant un léger sifflement :

— Ça a chauffé, dis donc !...

Le dimanche matin, je monte voir Théo et Nicolas pour les secouer un peu. Ils sont en tenue et déambulent dans le garage, mais avec un manque d'enthousiasme évident. Ils n'ont pas très bonne mine. Ils sont comme moi. À cette différence, me font-ils remarquer, que moi, j'ai dormi.

Ils profitent de ma venue pour faire une

pause. Je m'assois en leur disant : «Les gars, vous êtes pas sérieux...» Nicole, la femme de Théo, nous apporte du café. Je n'arrive pas à savoir si elle va se coucher ou si elle se lève.

— Patrick était là, hier soir, me dit-elle. Il paraît que vous vous êtes encore disputés?...

— Où est-ce qu'il est allé chercher ça?!

— Pour une histoire de vélo, il paraît. Il est venu pour ressouder le garde-boue.

J'en renverse un peu de café sur mon pantalon.

— Un vélo, ajoute-t-elle, c'est quand même pas grand-chose si tu réfléchis bien.

— Mais s'il y avait pas de vélo, peut-être qu'on se dirait rien..., fais-je en me brossant la jambe.

Elle retourne dans la maison après un haussement d'épaules. Les deux autres sont en train de piquer du nez dans leur tasse.

— Vous avez vu ça?! dis-je. Il se fourre toujours les filles dans la poche! Merde, et ça dure depuis qu'il est haut comme ça!...

Je leur montre avec la main.

Ça ne semble pas les émouvoir. Théo se demande s'il ne va pas être *forcé* d'aller se coucher un petit moment. Nicolas se demande si ce n'est pas fichu pour aujourd'hui. Je me lève et je vais voir où ils en sont avec la voiture d'Élisabeth. Je me penche au-dessus du capot.

— Bon Dieu, les gars!..., soupiré-je. Vous êtes ses neveux. Vous pouvez pas la laisser tomber!...

Je fais demi-tour et je m'aperçois que je suis seul.

Je m'arrête chez Paul en redescendant. Avant d'entrer, je me balade un moment sur le quai désert, les yeux à demi fermés, les mains enfoncées dans les poches. Ça manque un peu d'animation mais c'est mieux que rien. Je passe au-dessous des grues, contourne les hangars, me penche au-dessus de la Sainte-Bob. Le tas de neige est toujours là mais je regarde ailleurs.

Au bar, on me demande comment ça va et on me propose un tabouret. Je réponds que mon médecin m'a conseillé de rester debout, je cligne de l'œil et je vais m'installer à l'écart. Dans la salle, des types sont en train de jouer aux courses.

Paul met une corbeille de croissants devant moi. Nous parlons un peu, puis il me demande :

— Tu trouves pas que Nicole file un mauvais coton ?

— De quel genre ?

Il me fixe, s'éloigne vers le percolateur, sert des cafés et revient me voir.

— Ouais, reprend-il, j'ai quand même dit à Théo d'ouvrir l'œil. Je trouve qu'elle a un drôle d'éclat dans le regard. J'ai un mauvais pressentiment. T'as pas l'impression qu'elle a grossi ?... Je vais te dire une chose : une femme qui grossit est une femme qui s'emmerde.

Il s'écarte, va ramasser de l'argent, actionne

le tiroir-caisse et se remet à soupirer devant moi :

— Je l'ai pourtant expliqué à Théo : une femme qui fiche le camp une fois, c'est comme un chien qui a goûté le sang. Elle recommencera.

— Et lui, qu'est-ce qu'il en pense ?

— Le jour où tu le verras penser à quelque chose, préviens-moi… Je veux manquer ça pour rien au monde !…

Je traîne encore un peu avant de me décider. J'échange quelques mots à droite et à gauche. J'apprends que Georges Azouline a eu des problèmes avec l'équipe du matin et qu'il a menacé d'embaucher des occasionnels. Puis j'avale deux cognacs et je vais voir mon père.

Il est triste. Je lui demande :

— Pourquoi t'es triste ?

— C'est à cause de ta mère.

Elle est morte depuis une dizaine d'années. Ensuite, il a vécu avec une femme qui s'appelait Anna.

— Tu veux parler d'Anna ?

— Édith est en dessous.

Ma mère s'appelait Édith.

— Comment ça, en dessous ?

Il regarde par terre et tape du talon sur le sol. Je crois qu'il veut dire à l'étage au-dessous. Quand il relève la tête, il a presque la larme à l'œil. Il se lève.

— Tu prends les clés ? me dit-il.

On sort dans le couloir. Je lui fais :

— Mais où tu vas ?

Je me dis que ça le promène. Je le suis. Il avance à tout petits pas, sans soulever les pieds, une main enfoncée dans la poche de son pyjama, l'autre serrant son col sous son menton.

Un étage plus bas, on s'arrête devant une chambre. Le dimanche, on dirait qu'il n'y a personne pour surveiller. Mon père se tourne vers moi. Je comprends ce qu'il veut. J'hésite une seconde car je crois que nous allons nous faire virer en vitesse. Mais je finis par lui jeter un coup d'œil, remets son col en place et je lui annonce qu'il est parfait.

On entre. Il y a une femme endormie. Mon père s'avance vers le pied du lit et se tient au barreau. Il y a une vague ressemblance entre cette femme et le souvenir que j'ai de ma mère. On ne dit rien. Mon père s'est redressé. Il la fixe avec une telle expression que, sur le coup, je jurerais qu'il a toute sa tête. Puis sa bouche se met à trembler et des larmes commencent à dégouliner sur sa figure.

Quand je m'approche de lui pour l'entraîner vers la sortie, il a une espèce de sanglot. Il se met à couiner : « Qu'est-ce qui nous est arrivé ?!... » à l'adresse de la femme endormie.

Je raconte l'histoire à Élisabeth. Ça nous coupe l'appétit.

On sonne à la porte. Victor Blamont vient s'excuser pour hier. Je veux le faire entrer mais il refuse. Il prétend qu'il n'arrive pas à se le pardonner. Je le rassure comme je peux. Il finit par sourire. Puis il s'excuse encore et insiste pour que je lui donne ma note de teinturier.

Après son départ, Élisabeth sort de la chambre et on retourne s'asseoir sur le canapé. Je reprends le paquet de photos et je trouve un portrait de ma mère.

— Mais c'est toi tout craché! s'exclame Élisabeth.

— Il lui en a fait voir, je dis pas le contraire. Mais elle, c'était pas une sainte. Des fois, je me souviens, elle le cherchait vraiment. Et ça, Marc a jamais voulu le reconnaître.

— Elle était drôlement jolie, dis donc!

— Elle était pas très bien fichue, mais ça allait. Bon sang, j'en reviens toujours pas qu'il se soit mis à chialer, tout à l'heure!... Je m'y attendais pas du tout.

— Oui, mais c'est pas facile de savoir ce qui se passe vraiment dans un couple. C'est tellement compliqué. Faut pas se fier aux apparences.

Elle attrape ses cigarettes pendant que j'examine le portrait de ma mère.

— À propos, dis-je, ton frère s'inquiète pour Nicole. Il a peur qu'elle plaque Théo encore un coup.

— Tu sais que j'aime bien Théo. Mais Nicole a besoin d'autre chose...

— On sait très bien de quoi elle a besoin.

Elle me fixe une seconde, puis hausse les épaules. Je lui réponds :

— Et alors ? C'est pas vrai ? Elle a pas le feu où je pense ?!...

Elle se cale dans le fond du canapé, croise les jambes et me toise, la cigarette au bout des doigts.

— Et d'après toi, me demande-t-elle, qu'est-ce que ça a d'anormal ?... C'est parce que c'est une femme ?

Je range mes photos.

— Bon, écoute, on va pas discuter de ça.

— Je vais te dire une chose : j'étais comme elle quand j'avais son âge...

— Eh ben, j'espère que ça va mieux.

— ... et je n'étais pas la seule. Tu sais, on n'attendait pas de tomber amoureuses... Simplement, ça nous démangeait, ni plus ni moins !...

— Eh ben, vaut mieux entendre ça que d'être sourd !...

— Mais qu'est-ce que tu t'imagines, au juste ? Tu penses qu'on prenait ça pour une corvée ?

— Ouais, mais y'a quand même des limites.

— Ah ! Parce que tu te donnais des limites quand tu avais vingt-cinq ans ?!...

— Je baisais pas tout ce qui bouge, si tu veux savoir.

— Eh bien moi, je couchais toujours la première fois. Je n'attendais pas qu'on me baratine pendant des jours.

— C'est pour ça que ça nous a pris trois semaines !...

— Je te parle de quand j'avais vingt ans. Pourquoi j'aurais honte de dire que c'était la seule chose qui m'intéressait ?... Qu'est-ce qu'il y a de mal à ça ?

— Tu devrais aller raconter ça à ton frère, je suis sûr qu'il va comprendre... Va lui expliquer que sa belle-fille se promène la culotte à la main et qu'elle aurait tort de se gêner !...

Elle souffle un long jet de fumée au-dessus de ma tête :

— Non, mais tu te rends compte de ce que tu dis ?...

— Qu'est-ce que j'ai dit ?

— C'est vraiment nul, ce genre de réflexion, ça vole vraiment pas haut.

— Ça a pas besoin de voler très haut.

On passe chez Monique vers le milieu de l'après-midi. Ralph nous sort des bières. Élisabeth ramène la conversation sur le tapis. Monique me fait :

— Est-ce que tu sais que les femmes se masturbent autant que les hommes ?

— Ah bon ?

— Tu devrais y réfléchir.

— Y'a pas plus aveugle que celui qui veut rien voir, insiste Élisabeth.

— Oui, mais je comprends quand même ce que Francis veut dire, intervient Ralph. Tu prends un type, c'est jamais qu'un cavaleur, tandis qu'une fille, c'est une nymphomane. C'est là que ça blesse.

Je ricane :

— Tu parles ! C'est quand même pas sorcier à piger !...

— Attention ! poursuit Ralph. Personnellement, je trouve que c'est pas juste !... N'empêche que c'est comme ça, on peut rien y changer.

Monique secoue la tête et déclare qu'elle est dégoûtée d'entendre des choses pareilles. Elle décide qu'il est temps de fumer un peu d'herbe car nous l'avons énervée.

— Vas-y mollo. Faut que j'aille travailler, lui dit Ralph.

Je lui demande ce qui se passe.

— Oh, pour ce que ça lui rapporte !..., soupire Monique. Je ne sais même pas si ça vaut le coup...

— Je fais une petite ronde pour une boîte de surveillance, m'explique-t-il.

— Mais le dimanche soir, c'est la première et la dernière fois ! Tu peux leur dire !... Ça, tu es prévenu !

Ralph se tourne vers moi en prenant un air découragé :

— Tu vois, me fait-il, tu as beau te décarcasser... Et non seulement tu reçois aucune récompense, mais en plus, on vient te le reprocher.

— Bon, excuse-moi !..., soupire-t-elle de nouveau. Mais reconnais que c'est pas agréable...

— Et pour moi, tu crois que c'est agréable ?

Tu as vu ce froid de canard?! Tu ne crois pas que je serais mieux dans mon fauteuil? (Il me glisse un clin d'œil avant d'ajouter :) Sans compter qu'avec tous ces cinglés, je risque de me faire tirer comme un lapin!

Les yeux de Monique s'allument comme des braises.

— Ça va, je plaisantais!..., rigole-t-il.

Elle lui lance un coussin. J'ai vu pire. Il se lève pour aller chercher des bières. Elle nous regarde.

— Mince! Il y a des fusillades à la sortie des écoles!... Est-ce que je l'invente?

Il revient et pose les canettes sur la table basse. Elle continue :

— La semaine dernière, un type est sorti de sa voiture avec une manivelle!

— Bon, mais y'en a un sur mille!... Je suis tranquille pour un bon moment...

Tout en parlant, il s'est collé derrière elle. Puis il se met à lui peloter les seins. Il réfléchit tout haut :

— Peut-être que je ferais bien de pas y aller...

— Écoute, c'est vrai, quoi..., ronchonne-t-elle. On est dimanche!...

— Francis, me demande-t-il, qu'est-ce que tu ferais à ma place?

J'aperçois le bout des seins de Monique pointer à travers sa combinaison. Ses joues commencent à rosir. Je lui dis :

— T'es en train de compliquer le problème.

Il ne la lâche pas pour autant.

— On a des projets, avec ce fric…, annonce-t-il sur un ton rêveur.

Malgré tout, Monique est parvenue à rouler un joint. Elle l'allume puis considère une seconde ce que Ralph est en train de fabriquer.

— Hé! Mais où on va, comme ça?!…, mar-monne-t-elle.

Ralph les presse encore un coup, les soupèse une dernière fois en grognant avant de se tenir tranquille. «Merci bien!» lui dit-elle. Puis elle aspire une longue bouffée, se renverse dans le fond du canapé, la souffle et ajoute :

— C'est le dimanche soir qu'on a l'occasion de se détendre. C'est toi qui vois. Tu fais l'un ou l'autre, mais tu fais pas les deux.

Ralph ricane. Elle passe le joint à Élisabeth qui tire dessus et philosophe à son tour :

— Je vais vous dire : on est toujours en train de courir après ce bon Dieu de fric! Il faut croire qu'on est bon qu'à ça…

— Ouais, mais c'est le moment d'en donner un bon coup!…, affirme Ralph. C'est mainte-nant ou jamais, faut pas se raconter d'his-toires… (Il glisse un œil vers moi et me tape sur la cuisse :) Je m'inquiète pas pour toi, Fran-cis… Je sais que ça va finir par s'arranger!

— Je suis pas encore viré, je te signale… Avec Azouline, on est en train de discuter, on cherche un arrangement. En fait, faudrait pas que j'aie des machins trop lourds à porter.

— Oui, mais écoute, je vais quand même

t'expliquer une chose : c'est pas avec ta sueur que tu vas t'en sortir. À la rigueur, c'est avec celle des autres. Tant que t'auras pas compris ça, t'auras rien compris du tout! Bon Dieu de merde! J'ai pas l'intention de rester flic jusqu'à l'âge de la retraite, je te le garantis!

— Alors, cette fois, ça y est?..., demande Élisabeth.

Ralph cramponne la table avec un sourire triomphant :

— Je touche du bois! dit-il. Mais d'ici deux mois, je peux verser la partie au comptant!...

— On a dit qu'on en parlait pas tant que c'était pas sûr!..., intervient Monique. T'es quand même incroyable! Moi, vous savez, je suis superstitieuse!...

— Tu as raison! On n'en parle pas! décide Élisabeth.

Je demande :

— Et où vous allez le mettre?

— Francis! T'as entendu ce que j'ai dit?! me fait Monique.

Je lève la main pour lui montrer que j'ai enregistré. Monique opine du chef puis se remet à rouler. Ralph se plaint de n'avoir eu que la fin mais je crois qu'il en a presque fumé la moitié à lui tout seul. Je ne sais même pas comment il arrive à tenir sur sa moto.

— En fait, me glisse-t-il, je me donne moins d'un an pour amortir mon investissement. Et en comptant large.

— Mais qui c'est qui va s'en occuper?

Je vois passer le deuxième coussin de la soirée entre la tête de Ralph et la mienne.

— Je vous préviens, je plaisante pas!…, nous avertit Monique.

Ralph jette un coup d'œil à sa montre, puis annonce qu'il va s'habiller.

— C'est ça! Va t'habiller! dit-elle avec une grimace. Mais tu me referas pas ce coup-là deux fois!… Je te le dis devant eux.

Il se lève :

— Un de ces quatre, tu me remercieras.

Pour toute réponse, elle souffle un nuage de fumée sur son passage, puis elle nous fait :

— Alors? Comment ça s'est passé chez les Blamont?

— Eh bien, primo, ils ont pas d'amis…, commence Élisabeth.

Une fente s'est ouverte au milieu du ciel sombre, remplie de matière lumineuse, translucide et molle comme de la pâte de fruits. Je vais à la fenêtre mais ça s'éteint presque aussitôt. Dans mon dos, les filles éclatent de rire pour une raison quelconque. Je les vois rigoler dans le reflet de la vitre.

Je trouve un poulet froid dans la cuisine. Je le découpe.

Quand je reviens, Ralph est en uniforme. Il est assis sur une chaise, les avant-bras sur les cuisses, le corps penché en avant et il écoute Monique qui est en train de lui dire :

— Tu as des horaires à la con, reconnais-le!... Peut-être que c'est ça qui me perturbe. Tu sais, ça ne m'étonnerait pas beaucoup. Ça serait régulier, encore... Et reconnais que c'est comme ça depuis que tu changes toutes les semaines!...

— Bon, mais t'es pas la seule, marmonne-t-il. C'est une question d'habitude... C'est ce qui me permet de toucher des primes, je te signale.

— Et comme si c'était pas assez dingue, comme si je me sentais pas assez déboussolée... Eh bien, non, il faut encore que tu en rajoutes!... Oh! Je te dis pas que tu le fais exprès, n'empêche que le résultat est là.

Elle regarde le joint une seconde avant d'en avaler une bouffée. Je lui demande :

— Mais c'est quoi, au juste? T'en as plus envie?

— J'en ai envie... Bien sûr que j'en ai envie, t'es marrant!...

— Francis, t'as de ces questions parfois..., s'étonne Élisabeth.

— Non, j'en ai envie, mais j'y arrive pas... Et ça commence à drôlement m'inquiéter!...

— Oui, mais plus tu vas y penser, et plus tu vas te bloquer, prétend Ralph. Ces trucs-là, ça revient comme c'est parti. Faut pas chercher à comprendre. Faut même pas s'en occuper.

— Oh, c'est facile pour toi de dire ça... N'empêche que je voudrais bien t'y voir!...

Vous ne vous rendez pas compte, mais ça me démolit! C'est comme si j'étais plus une femme... non, je vous promets!...

— Bon sang, mon bébé!..., grimace Ralph. Dis pas des choses pareilles, même si c'est pour rigoler!...

— Je rigole pas... Est-ce que j'ai l'air de rigoler?

Elle bat des cils une seconde, comme si l'émotion la submergeait. Élisabeth lui prend la main. Ralph se lève et va lui caresser la tête. Je lui demande:

— Tu veux que j'en parle à Juliette Blamont?... Peut-être que t'as une espèce de nœud quelque part, que t'es en train de t'empoisonner?...

Ralph m'adresse un coup d'œil sombre:

— Merde, qu'est-ce que tu racontes!?...

— Tu me crois pas? interroge Élisabeth.

J'ai le temps de manger un peu pendant qu'elle leur fournit certaines explications. Ralph est sceptique, mais Monique est très intéressée. Elle est même très excitée, tout à coup. Elle se voit déjà retrouvant toutes ses capacités.

— Oh oui, fais-le, Francis, tu serais un amour!...

Ralph secoue la tête:

— Bon..., mais moi, je crois qu'on devrait se laisser encore un peu de temps. J'y crois pas beaucoup à ces trucs-là...

— Attends voir, dis-je. Il s'agit pas d'un vrai

nœud. Tu comprends bien que c'est une image…

— Enfin! Cette femme a guéri une paralytique, écoute un peu ce qu'on te dit! déclare Monique. Et puis tu me fais rire…, et si tu le prends comme ça, moi non plus je n'y crois pas trop à ton espèce d'attirail!…

Dans le silence qui suit, Ralph relève lentement la tête et considère Monique avec un air atterré.

— Ben, qu'est-ce qu'y a?… demande-t-elle avec un sourire innocent.

Élisabeth et moi dressons l'oreille. On sent que Ralph est sérieusement mal à l'aise, ce qui amuse beaucoup Monique. Quand on fume avec elle, c'est difficile de ne pas trouver une occasion de rigoler. Avec elle, on peut passer du rire aux larmes. Même en temps normal, elle n'est pas du genre lymphatique. Au début, quand je l'ai connue, elle me fichait mal au crâne.

— Mais t'en fais, une tête!…, continue-t-elle en riant. Est-ce que ça te gêne qu'on en parle? Dis-moi, j'espère que t'es pas aussi bête…

Ralph a les yeux rouges comme des éclaboussures de sauce tomate. On dirait qu'il est saoul et qu'il vient de se prendre une paire de claques à la volée. Je demande :

— Qu'est-ce que vous nous cachez, tous les deux?

Il m'ignore, continue de fixer Monique, et finit par lui lâcher :

— Quand même, nom d'un chien !... Tu crois pas que c'est un truc *un peu privé* !?...

On se met aussitôt à le charrier. On l'asticote. Pendant ce temps-là, Monique le menace d'y aller elle-même s'il n'y va pas. Elle dit : « Tu crois qu'ils sont nés de la dernière pluie ?!... T'as peur de les choquer ?!... » On rigole de plus belle. On est drôlement curieux de savoir de quoi il retourne, Élisabeth et moi. Ce petit mystère nous a mis de très bonne humeur.

Ralph tient bon encore une minute. Il nous regarde, allume une cigarette, puis finit par céder. Il se lève en soupirant et se dirige vers la chambre.

— C'est lui qui en a eu l'idée, mais il a fallu que ce soit moi qui aille les acheter..., nous raconte Monique. En fait, c'est fou ce que les mecs sont coincés. Ça m'a toujours étonnée. C'est comme pour les cassettes vidéo, je lui dis : « Mais qu'est-ce que ça peut te faire, ce que pensent les gens ? Est-ce que t'as des comptes à rendre à quelqu'un ? Est-ce que tu leur demandes ce qu'ils fabriquent dans leur coin ? » Non, mais sans blague !... Parfois, je le comprends pas.

Ralph revient avec un petit coffret sous le bras. À présent, il arbore un léger sourire, mi-figue mi-raisin.

— Remarquez, j'ai pas encore d'avis définitif, nous prévient Monique. On les a pas encore tous essayés...

— C'est juste pour remettre le truc en route,

concède Ralph. On a pas l'intention de s'éterniser avec ça…

Monique lui prend le coffret des mains :

— C'est toi qui le dis ! réplique-t-elle en riant.
Peut-être que je vais avoir envie d'en garder
quelques-uns, on sait jamais !…

Elle soulève le couvercle.

— On a pris la série complète, déclare-t-elle.
Y'a même un rechargeur pour les piles. Mais ça
vient des États-Unis, il faut que Ralph change
la prise.

— Ça alors !…, siffle Élisabeth. Y'en a qui
font presque peur !…

J'en saisis un couleur chair, hérissé d'antennes
translucides et relié à une poire de caoutchouc.

— T'as vu ça ?…, me glisse Ralph. Y'a quand
même de ces trucs !…

Pour nous les présenter, Monique en sort
quelques-uns de leur écrin et les agite au bout
de ses doigts comme de petites marionnettes.
Repliant son index, elle fait saluer une espèce
de longue tétine, baguée d'anneaux protubé-
rants. Selon elle, celui-là ne vaut pas grand-
chose. Elle n'en dit pas autant d'une sorte de
haricot joufflu qu'on dirait coiffé d'un bonnet à
large bord et dont le pompon, hérissé de petits
trucs mous, ballotte au bout d'un spaghetti gra-
nuleux.

— C'était une sensation assez bizarre…, se
souvient-elle. Au bout d'un moment, j'ai bien
cru que ça venait. Je l'ai même dit à Ralph…

— On peut vous en passer un ou deux, si vous voulez…, propose-t-il.

Monique nous en montre un qui me fait penser à une anémone de mer fixée à un bout de tuyau d'arrosage. Ralph le lui prend des mains et y branche un petit moteur que, m'explique-t-il, on s'accroche dans les reins en laissant passer le fil entre ses jambes. Cela étant dit, il le met en marche. L'anémone s'ouvre alors, puis commence à glisser le long du tuyau en ondulant des tentacules. Arrivée en fin de course, elle remonte.

— C'est autolubrifiant, me fait-il en se penchant à mon oreille comme s'il voulait couvrir le zinzin du moteur. Tu peux régler la vitesse. Au moyen de cette poire et d'un petit réservoir camouflé à l'extrémité, tu peux simuler des éjaculations en rafale pendant que t'es en train de limer. Et y'a des petits coussinets d'air à l'intérieur, que tu peux ajuster à ta taille. Enfin, je sais pas ce que t'en penses, mais reconnais que c'est drôlement élaboré !…

— Le fait est que j'aimerais bien avoir votre avis là-dessus…, enchaîne Monique sur un ton pensif. Je trouve ça bien, mais dans mon état, je peux pas juger d'une manière objective… C'est comme si j'essayais du parfum un jour où je suis enrhumée…

Élisabeth la prend dans ses bras pour la réconforter.

Je vais examiner le reste du coffret à la lumière. Ralph se colle près de moi et me dit :

— Qu'est-ce que t'aurais fait, à ma place ?
T'aurais pas tout tenté ?...

— Mais bien sûr que si !... Et celui-là, tu t'en
es servi ?

— Non, ça, je préfère attendre encore un
peu... En dernière extrémité. D'ailleurs, sur le
papier, ils te mettent en garde.

Il me le prête. Sur le chemin du retour, je
conduis un peu plus vite qu'en temps normal.
Élisabeth a le truc sur les genoux. Elle l'observe
sans y toucher, en silence. J'y jette parfois un
coup d'œil, lorsque nous sommes arrêtés à un
feu rouge. Quand nous traversons le pont qui
enjambe la Sainte-Bob, Élisabeth effleure ma
main en poussant un léger soupir. J'ai une pensée pour Monique. Je sais que c'est dur d'avoir
fumé de l'herbe et de se retrouver seule un
dimanche soir d'hiver.

Le problème, c'est qu'on a une chambre qui
ne nous sert à rien. Nous y entreposons des cartons, des petits meubles, des vieux vêtements,
des valises, des choses que nous possédions l'un
et l'autre avant de nous connaître et qu'on ne
veut pas ressortir. Mais je pourrais très bien les
caser au sous-sol, si je le voulais, ou encore les
vendre.

Quand je vois mon père, je me dis qu'on
n'aura jamais la force. Victor m'a répété que
c'était une charge surhumaine, à moi qui ne
veux même plus entendre parler de soulever un

simple sac de pommes de terre. Je ne sais même pas pourquoi je me pose la question.

Que je ne parvienne pas à me décider exaspère Élisabeth. Elle me dit — et je trouve ça complètement délirant — que cette histoire nous paralyse. Que l'on ne peut même plus faire de projets. Ah bon ? Parce que nous en avons eu ? Là, dans cette vie ?

Mon père fume trois cigarettes en même temps, ne sait plus mon nom, coince les infirmières, mange des serviettes en papier, pisse dans son pantalon, ferme les portes à clé, ne se lave plus tout seul. Élisabeth ne sait même pas la moitié de ces choses.

Je vais aux courses, un après-midi. J'essaie de me souvenir de tout ce que Ralph m'a appris. J'étudie chaque cheval avec attention, je regarde si je ne connais pas le nom de celui qui va le monter, le nom de son entraîneur. Je sais qu'avec un peu de chance, et sans chercher la lune, je peux ramasser en une seule fois de quoi payer à mon père, je ne sais pas, peut-être une année entière dans un endroit acceptable. Je ne souhaite même pas en gagner davantage. Le soir, je dis à Élisabeth que je suis allé discuter de mon cas avec le délégué syndical.

— Comment ça ? !..., déclare-t-elle. Et ton rendez-vous avec Juliette ? !...

— Nom de Dieu !

J'attrape le téléphone. Pendant que ça sonne, et parce que je sais très bien ce qu'elle pense, je

jure à Élisabeth que ça m'est complètement
sorti de l'esprit. Ce qui est la pure vérité. Au
bout d'une minute, j'ai Victor à l'appareil :

— Oui. Allô ?

— Victor ? C'est Francis...

J'entends des bruits de fond.

— Francis ? Comment ça va ? fait-il d'une
voix précipitée. Vous pouvez rappeler dans un
moment ? Merci.

Et il raccroche.

J'informe Élisabeth qu'il me semble avoir
flairé de l'orage chez les Blamont.

— Voilà des gens qui ne devraient pas avoir
de problèmes et qui trouvent le moyen de s'en
fabriquer... Faut quand même être vicieux !...

— Eh bien, moi, d'une certaine manière, ça
me soulage.

Elle dit ça en enlevant ses chaussures. Elle a
les chevilles qui gonflent depuis un moment,
depuis qu'elle est passée au rayon lingerie. Un
jour, elle prétend que c'est à cause du chauffage.
Un autre, elle se plaint d'avoir quarante-cinq
ans. Ça dépend de son humeur.

— Je t'en prie, donne-moi un verre..., soupire-t-elle. Seigneur ! je ne tiens plus debout !...

Je lui ai déjà conseillé de prendre des bains
de pieds dans une cuvette d'eau tiède, avec une
grosse poignée de sel, mais elle s'est braquée
là-dessus, elle m'a demandé si je ne voulais pas
lui acheter une canne pendant que j'y étais.
Personnellement, je ne vois pas le rapport. Et

78

puis, nous sommes arrivés à un âge où, même si l'on a évité les gros pépins, les petits ennuis commencent. Si je me passais en revue du sommet du crâne jusqu'à la pointe des pieds, j'aurais plus d'un motif de râler.

«Et ça te rend pas furieux?!...», me fait-elle l'autre jour. Je crois qu'elle va bientôt avoir besoin de lunettes pour lire. Ça et les chevilles qui gonflent, elle estime que ça fait beaucoup.

Je suis bien conscient que ça tombe mal, dans la situation actuelle. Je lui sers un verre en silence et lui mets un coussin sous les talons.

— Je regrette que tu m'aies pas connue quand j'étais plus jeune..., lâche-t-elle sans me regarder. Ça me gêne que t'aies pas eu le meilleur de moi. Je suis sûre que tu dois y penser. Ne me dis pas le contraire.

— Tu veux dire : quand t'avais les fesses un peu plus fermes?

— Bien sûr!... Mais aussi quand j'étais insouciante et que je prenais la vie du bon côté... (Elle a un petit rire.) Tu sais, quand j'avais pas encore la tête aussi pleine...

Elle me regarde, mais je ne trouve rien à lui répondre. Pour finir, elle me tend son verre, puis retourne son visage vers le plafond.

— Tu comprends ce que je veux dire?

— On a tous pété le feu, à un moment ou à un autre.

— Mais c'est un peu comme si tu voyais que mon mauvais côté, tu crois pas?...

— J'en sais rien… Comment je ferais la comparaison?…

Elle croise ses mains derrière la tête.

— Tu sais, Francis… Je me demande si ça t'arrive de réfléchir à ces choses…

— À *quelles* choses?…

Elle se lève et va chercher ses cigarettes dans son sac. J'ai remarqué qu'en général, elles pensent qu'elles ont affaire à une armée de crétins complètement bouchés, comme si ce genre d'histoires nous passait forcément au-dessus de la tête. Elle reste plantée au milieu de la pièce, me regarde et fume en se tenant le coude.

— Je veux parler de nous…, finit-elle par m'éclairer. De toi et de moi… Enfin, j'aimerais savoir si tu y penses de temps en temps… Je veux dire : est-ce que c'est important pour toi? Est-ce que ça représente quelque chose?

Je lui jette un coup d'œil. Puis je soulève mes fesses de la chaise, la prends par un bras, et me rassois en la tirant entre mes jambes. Mais elle est raide comme un bout de bois.

— Je regrette, mais c'est pas une réponse!…, marmonne-t-elle en dégageant son bras.

— Ben c'est quoi, d'après toi?!…

J'essaie de la coincer de nouveau, mais elle recule d'un pas. On s'observe une seconde. Elle va pour dire quelque chose, y renonce. Je vide mon verre. Elle en profite pour faire demi-tour et disparaît.

80

Un peu plus tard, à table, j'essaie de lui expliquer que j'ai la tête farcie. Pas de réponse. Et ça dure pendant deux jours.

Un matin, on ramasse plusieurs tonnes de poissons crevés sur la Sainte-Bob. Ça vient d'une usine en amont. On tend des filets tout au long de la journée et on les remorque vers le bassin. À la nuit tombée, on est encore en train de les pelleter pour les charger dans des camions.

Dans le milieu de l'après-midi, j'ai vu arriver Victor Blamont, en compagnie des autorités de la ville. J'étais sale, hirsute et luisant d'écailles, mais il s'est aussitôt précipité vers moi et m'a tenu un discours de quasi-halluciné sur la noblesse et la beauté du travail en plein air. Il est resté un moment à me regarder manœuvrer la pelleteuse, avec un sourire ébahi, puis il a filé vers sa voiture et est revenu pour me prendre en photo. Ça m'a gêné un peu, d'autant que les autres rigolaient. Il faisait gris et froid, et j'étais fatigué.

Je l'ai emmené boire un café. On était quelques-uns sous un hangar, avec le gobelet à la main et Victor qui discutait et offrait ses cigarettes. Je ne crois pas qu'il aurait fallu le pousser beaucoup pour qu'il jette son manteau et enfile un ciré avec une paire de bottes. Il m'a amusé. Avant de partir, il m'a annoncé que je venais de louper à nouveau mon rendez-vous avec sa femme. Ça m'est revenu aussitôt et je me suis traité de tous les noms. Mais il m'a rassuré d'un clin d'œil. Il m'a promis d'arranger le coup avec Juliette.

Vers six heures du soir, on est obligés d'allumer les projecteurs sur le bassin. On en a encore pour deux bonnes heures. Et je me suis proposé pour conduire un des camions si on manquait de chauffeurs à la fin. Mais ce n'est pas pour ce que je vais gagner.

— T'as ça dans le sang!..., me déclare Georges Azouline. Ça fait dix ans que je te connais. Viens pas me raconter que tu veux un emploi de bureau!...

Je retire mes gants et les coince sous mon bras. Je souffle un peu dans mes mains en le fixant au fond des yeux :

— *Ça fait dix ans* que je passe sous vos fenêtres en me coltinant des poids sur le dos comme une bourrique!... Je vous reproche rien, mais maintenant, faut faire une croix là-dessus, Georges, faut me trouver autre chose... Et vous foutez pas de moi, vous savez bien que je veux pas m'enfermer dans un bureau...

Il me sourit. Il a des cheveux longs et blanc argenté qui lui donnent un air de vieille femme. Quand il était petit, Marc en avait une trouille bleue.

— Pour le transport des petits paquets, c'est pas moi qu'il faut voir..., me confie-t-il avec une espèce de grimace. Je tiens pas une pâtisserie!...

82

Je m'accroche. Mais tout ce qu'il voit, c'est un boulot de contremaître, et là, il m'arrête tout de suite : d'autres que moi sont déjà sur les rangs, de plus anciens, de plus qualifiés. Peut-être même de plus méritants. Je m'énerve :

— Alors flanquez-moi à la porte, que je touche mes indemnités !

— Pourquoi veux-tu que je te flanque à la porte ? C'est toi qui veux partir !...

— J'ai pas dit que je voulais partir ! Je sais qu'il y a eu des problèmes avec les gars du matin. Y'a pas assez d'équipes, venez pas me raconter de salades !...

Il me sourit de plus belle :

— Et toi, espèce de salopard, tu te verrais bien à la tête d'une nouvelle équipe, hein, si je comprends bien ?!...

— Ouais, j'estime que je l'ai mérité !...

Je suis gelé, à force de rester immobile. Je me tiens tout raide, le dos rond, les bras croisés, tandis que lui est parfaitement décontracté. Sa gorge est nue, son col n'est même pas relevé, on dirait qu'il ne sent rien. Je me demande si c'est de me faire chier qui lui réchauffe le cœur et les os.

Il me regarde et finit par hausser les épaules :

— Est-ce qu'on a tout ce qu'on mérite, dans la vie ?... Tu sais, Francis, je te vois traîner dans le coin et c'est comme si tu étais en train de renifler autour d'une femme... Mais tu es libre de prendre ton temps. Fais le tour de la question.

Tu sais que je préfère te donner le boulot plutôt qu'à un autre... On a toujours eu de bonnes relations, tous les deux, c'est pas vrai ?...

On m'appelle. Des gars m'attendent pour repartir. Je lui demande :

— C'est ma peau que vous voulez ?!... Vous voyez pas que je suis pas en train de plaisanter ?!...

Un coup de vent lui ramène les cheveux sur le visage. Il les écarte en souriant et je crois voir apparaître une gueule de l'enfer.

— Tu veux un conseil, Francis ?..., ricane-t-il sous mon nez. Redescends un peu sur terre !...

Je continue de le regarder en grimpant sur le bateau. Il me fait un signe de la main auquel je ne réponds pas.

Nous sortons du bassin et virons sur la Sainte-Bob pour remonter jusqu'aux filets. On s'est tellement démenés depuis ce matin que les plats-bords sont luisants comme du bois neuf et la bobine du treuil comme de l'acier poli. On ne parle plus, on fume des cigarettes, on fait ce qu'on a à faire. Quand on resserre les filets, une masse blanchâtre se met à gonfler à la surface et on voit tous ces poissons en train de crever, glissant les uns sur les autres avec des bruits de linge mouillé qu'on claquerait sur un mur. Il y a les ombres de quelques gars qui ont sauté sur la rive pour aider à la manœuvre et repousser du bois mort qui se met à dériver en lente procession, telles des pirogues abandonnées.

Au retour, après avoir déchargé les filets dans un camion, on décide de s'arrêter pour manger. À midi, au moment de la pause, j'ai pris la place d'un type dont la femme est sur le point d'accoucher et c'est seulement maintenant que je m'aperçois que je n'ai rien apporté. Je sens que j'ai le ventre vide mais je n'ai pas très faim car ma discussion avec Azouline m'est tombée comme une pierre dans l'estomac. Je prends une fourche et je ramasse du poisson mort çà et là, sur le quai, je le balance dans une benne pendant que les autres s'installent à l'abri d'un hangar. Un gars qui ne mange pas, c'est toujours un gars qu'on emmerde avec des questions ou des plaisanteries concernant l'humeur de sa femme.

Je serre les dents, et puis je la vois arriver. Je ne comptais pas du tout dessus car on vient de passer deux jours un peu tendus après cette histoire selon laquelle il paraîtrait que je n'ai rien à dire sur nous deux. Ce matin encore, je ne voyais pas la fin du tunnel. Quand je lui ai annoncé que je venais ici et qu'il se pouvait que je rentre tard, elle a vaguement hoché la tête. J'aurais juré que ça lui était rentré par une oreille et ressorti par l'autre.

— Mon vieux, tu as l'air crevé!..., me dit-elle.

Je prends appui sur le manche de ma fourche et considère les alentours :

— On y est depuis un moment et c'est pas

très gai. Ça commence même à me flanquer le bourdon, si tu veux savoir...

Elle croit que je fais allusion aux poissons. Je soupire :

— Oh, c'est même pas ça... C'est un tout!...

Elle baisse les yeux. J'ajoute :

— Je dis pas ça pour toi.

Étant donné son humeur, ces derniers temps, je crois qu'il est sage de le lui préciser. Et bien m'en prend, car elle ne saisit pas la balle au bond. Au contraire, elle me regarde comme si tout allait bien et que le torchon ne brûlait pas depuis deux jours. Puis elle me sort un sac contenant du café et des sandwiches.

— Je m'en suis aperçue en rentrant, me déclare-t-elle. Mais je n'ai pas eu le temps de te préparer grand-chose.

— Ouais. On a perdu l'habitude.

On va s'asseoir dans un coin à l'écart. Les autres en ont un peu les jambes coupées de voir comme on s'occupe de moi et on me dit qu'il y en a qui ont de la chance, qu'il y en a qui s'emmerdent pas.

L'appétit ne me revient pas encore, mais je suis vraiment content de boire du café.

— Tu veux mes cigarettes? me demande-t-elle.

Je vérifie les miennes. On décide de partager.

— Tu vas rentrer tard? Je vais te laisser la voiture. Je vais rentrer en bus.

— Non. Je trouverai bien quelqu'un pour me ramener.

Elle me ressert du café.

— Il est drôlement bon, dis-je.

— C'est pas du réchauffé. Je l'ai fait exprès.

— Y'a une sacrée différence! Dis donc, je me voyais mal parti, sans café!...

Quand elle s'en va, j'ai repris assez de forces et je conduis le dernier camion jusqu'à l'incinérateur tandis que des types plus jeunes ont déclaré forfait. J'arrive à la maison un peu avant minuit, mais elle n'est pas couchée, elle est en train de discuter avec Patrick.

À voir leur tête, j'ai le sentiment d'avoir interrompu une conversation importante. J'ôte mon bonnet et retire ma canadienne en demandant ce qui se passe et on me répond que tout va bien. Comme je n'ai pas envie de discuter pour rien, je n'insiste pas.

— Ton père est debout depuis six heures du matin et il n'a pas arrêté..., lui annonce-t-elle.

Ils me suivent dans le salon et je tombe dans un fauteuil.

— Si c'est pour cette histoire de garde-boue, dis-je, on m'a déjà mis au courant.

— Il est en bas. Je te l'ai ramené.

— Bon. Tu verras qu'on sera plus tranquilles, tous les deux. Faut que tu saches qu'on m'a reproché de t'emmerder avec ce vélo... mais t'es mieux placé que quiconque pour comprendre que c'est pas l'histoire du vélo. Je veux dire, souviens-toi qu'un jour tu m'as demandé de plus te considérer comme un gamin. Et je t'ai fait remarquer que ça n'avait pas que des bons côtés. Est-ce que c'est pas vrai ?

On est d'accord. Élisabeth nous amène des esquimaux. On commence à les sucer puis je me penche vers lui :

— Mais quand même, tu as l'air d'être emmerdé…

Il secoue la tête, avec un geste vague.

Je le regarde. Je lui dis :

— Toi, tu fais une drôle de gueule !… Bon, j'espère que c'est pas trop méchant, cette histoire de garde-boue !…

Il me rassure. Il paraît que je ne vais rien y voir. Je me renfonce dans mon fauteuil avec mon bâtonnet glacé. J'hésite entre laisser fondre la pellicule de chocolat dans ma bouche ou en croquer un bout. J'examine la chose en poursuivant :

— T'es pas embêté dans tes études, au moins ?…

Il me répète que tout va bien. « Puisqu'il te le dit !… » insiste Élisabeth. Mais je continue, avec l'air de ne pas y toucher :

— T'es pas malade ? T'es pas racketté ? T'as pas fait de connerie ? Tu touches pas à la drogue ?

Il faut lui tirer les vers du nez. Mais je vais jusqu'au bout :

— Bon. Une dernière chose… T'es pas homosexuel ?!…

Ça le fait rire. Élisabeth me fixe une seconde, puis secoue la tête avec un soupir désolé.

— Et alors?..., rétorqué-je. C'est quand même pas mieux si on peut l'éviter?!...

J'observe mon fils pendant qu'Élisabeth et lui commencent à parler d'autre chose. Je me lève et me sers un whisky dans lequel je plante ma moitié d'esquimau. Puis je me rassois et l'aide à fondre en le remuant doucement dans mon verre, mais je garde un œil braqué sur Patrick.

Et je finis par lui toucher l'épaule :

— Bon, alors écoute-moi... Avoir un problème avec une fille, c'est pas la fin du monde. C'est même tout à fait normal... Je vais d'ailleurs te dire une chose, et je te le dis devant Élisabeth : avec une femme, tu peux être sûr que ça va jamais bien à cent pour cent. Ça existe pas.

Élisabeth s'apprête à intervenir, mais je la stoppe aussitôt :

— Non, sois gentille... Je dis pas ça méchamment. C'est juste pour qu'il sache à quoi s'en tenir. S'il voulait s'acheter une voiture de course, ça me viendrait pas à l'idée de l'en empêcher. C'est pas raconter des conneries sur les femmes. C'est la vérité. C'est comme ça. Une femme est toujours en train de penser à des trucs. Je veux dire des trucs auxquels on penserait pas... (Je le regarde droit dans les yeux.) Bon, est-ce que tu me suis?... Alors te rends pas malade.

Plus tard, nous reprenons cette conversation, Élisabeth et moi. Je suis déjà couché. Elle est dans la salle de bains.

— Tu as remarqué comme il t'écoute?..., me demande-t-elle.

— Comment ça, il m'écoute?...

— Eh bien, il est intéressé par ce que tu dis... Ça se voit pas?

— Peut-être que ça arrive de temps en temps. Peut-être que c'est ton impression.

Elle me regarde dans la glace :

— C'est quand même terrible!..., soupire-t-elle. Dès que ça vient de lui, faut que tu sois méfiant... On sent que tu te raidis à l'avance.

— T'inquiète pas. On sait à quoi s'en tenir, lui et moi. On s'est fréquentés pendant un bon moment.

— Bon. Mais tu ne crois pas que les choses peuvent évoluer?

Je hausse les épaules :

— Pourquoi pas? On n'a plus besoin d'être collés l'un à l'autre. Ça arrondit les angles.

Elle vient s'asseoir au pied du lit pour se brosser les cheveux.

— Comment tu te sens? me demande-t-elle.

— Je ferais pas ça tous les jours.

Elle me sourit. Après quarante-huit heures à couteaux tirés, le courant est revenu, mais bien malin celui qui pourrait en donner la raison. Tout à l'heure, j'ai essayé d'expliquer ce genre de choses à Patrick.

— Tu sais, reprend-elle, je suis persuadée que tout ce qu'il me confie, c'est pour que je te le répète...

— Ouais, c'est pas un garçon compliqué!...

— Écoute, j'en sais rien... N'empêche que c'est un signe.

Je me mets à regarder dans le vague. Chaque fois qu'elle tente de me faire comprendre que je connais mal mon fils, je n'arrive plus à me concentrer sur ses paroles. Je ne sais pas si elle se rend compte qu'il est un peu tard pour jouer au papa et à la maman avec Patrick. Quant à lui, je me méfie un peu. C'était encore un gamin quand sa mère nous a filé entre les doigts.

— D'un autre côté, poursuit-elle, si je suis censée te le répéter, toi, tu es censé ne pas le savoir...

Elle me jette un coup d'œil pour s'assurer que j'ai bien enregistré.

Puis elle finit par lâcher :

— Je crois qu'il est amoureux de Nicole.

Je ferme les yeux et croise les mains sur mon ventre.

— Tu as entendu?

Je réponds que j'ai entendu.

— Enfin moi, me fait-elle, je ne t'ai rien dit.

Je peux témoigner d'une chose. D'une expérience que Nicolas a menée sous mes yeux, deux étés auparavant, dans le mois qui a précédé le mariage de son frère avec Nicole. Il riait

tellement que je suis sûr qu'il y avait un truc
là-dessous, mais je n'ai jamais pu l'expliquer. Je
l'ai d'ailleurs raconté à Ralph et on s'est creusé
la tête des nuits entières sans parvenir à éclair-
cir cette affaire.

Bref, on était de sortie, sur les bords de la
Sainte-Bob, et Nicolas m'a entraîné à l'écart
pendant que les autres s'installaient dans
l'herbe. Il a sorti de sa poche, soi-disant, une
culotte de Nicole qu'il a tenue au bout d'une
branche, au-dessus de la rivière. Et dans les
trente secondes qui ont suivi, un poisson de la
taille de mon avant-bras a bondi hors de l'eau,
raide comme une fusée, et on aurait juré qu'il
voulait saisir cette sacrée culotte dans sa gueule.
Selon Nicolas, ça se passait de commentaires.
Pendant qu'il rigolait, j'ai vérifié que le linge en
question ne contenait rien de particulier. Quant
à percevoir son odeur, il fallait vraiment avoir le
nez dessus.

Je le répète : je n'y crois pas beaucoup à cette
histoire. Mais il n'y a pas de fumée sans feu.
J'ai entendu certaines conversations sur le port,
je sais que les types en rajoutent pas mal mais il
y a toujours une part de vrai dans ce genre de
bruits. Sans compter qu'elle a fichu le camp
de chez elle pendant quinze jours. Et même si
personne ne sait ce qu'elle a fabriqué au juste,
tout le monde a son idée là-dessus.

Je suis en train de promener mon père dans
un fauteuil roulant. Nous longeons la berge en

direction de l'appontement du club d'aviron et j'ai pu penser à tout ça car il ne dit pas un mot. Marc m'a téléphoné de nouveau et il m'a conseillé de le flanquer à l'eau si j'en avais l'occasion.

Je prends mon père sous mon bras pour enjamber la barrière qui nous sépare des embarcations. À cet instant, je suis frappé par le peu d'efforts que j'ai à fournir. Je ne m'attendais pas qu'il soit si léger et ça me fait une drôle d'impression.

Je peux presque le tenir à bout de bras pour l'installer à bord, mais j'ai peur avec mon dos.

Je le mets face à moi. Je remonte la couverture sur ses épaules. Puis je me relève et la lui tire par-dessus la tête. Le ciel est bleu, seulement on traverse un sérieux coup de froid depuis une quinzaine de jours.

Je rame en force durant quelques minutes. Je sens la Sainte-Bob filer sous la coque et je l'entends siffler autour de moi. Elle remonte dans mes bras, s'infiltre à travers tout mon corps.

Ensuite, je ralentis la cadence. Nous avons dépassé les bassins et je me rabats un peu vers le bord pour ne pas avoir tout le courant. Sur les berges, la broussaille est recouverte d'une pellicule translucide qui scintille dans la lumière et mon père regarde ça en reniflant, en marmonnant des choses que je ne comprends pas. Et que je n'essaie pas de comprendre, pour être franc.

Je me suis astiqué la queue une bonne douzaine de fois en pensant à Nicole. Surtout au
début, lorsque la démonstration de Nicolas
était encore fraîche dans mon esprit et que
j'hésitais à emménager avec Élisabeth. Je n'ai
donc pas de mal à imaginer l'effet qu'elle peut
produire sur Patrick. Si elle n'était pas la
femme de Théo, si Paul n'était pas son beau-
père, je ne me soucierais pas de cette histoire.
Même Élisabeth, qui est du genre à minimiser
tous les emmerdements possibles, admet qu'il
aurait pu s'en choisir une autre.

Mon père crache dans le fond du bateau. Je
lui demande de ne pas recommencer.

Un peu plus loin, il me regarde et crache de
nouveau entre ses pieds.

Nous accostons à la hauteur du Kon-Tiki. Je
le prends de nouveau sous mon bras, je traverse
la nationale et nous nous installons au bar.

Je l'observe une seconde pour m'assurer qu'il
va tenir sur un tabouret. Puis je m'essuie le front
avec une serviette en papier. Nicole me fait :

— C'est ton père ?

J'acquiesce et lui commande deux bières.

Il y a une discothèque au sous-sol. Dès la tombée du soir, les néons ruissellent sur la façade et
un tas de monde rapplique ici, attiré comme des
mouches par le miel. Au début, on y venait avec
Ralph et Monique, puis la discothèque a fermé
pour une histoire de mineurs et quand elle a
rouvert, nous ne sommes pas revenus, ou une

fois de temps en temps. On en reparle quelquefois. On se souvient de ces nuits d'été où nous
filions à l'aube et garions les voitures dans un
coin tranquille. On en parle comme si ça remon-
tait à des années et des années.

Nicole travaillait déjà au bar, à l'époque.
L'après-midi, l'endroit est calme. Les clients ne
s'attardent pas. Avant de s'occuper de nous,
Nicole va prendre une commande dans la salle
et je la suis des yeux.

Quand elle revient, elle examine mon père
un instant et lui demande :

— Ça vous dirait pas de manger une glace ?

Je le regarde et je m'aperçois qu'il est en train
de la dévorer des yeux. J'ai fait pire, en un sens,
mais malgré tout, je trouve ça gênant. Je le
pousse du coude pour le ramener sur terre :

— Est-ce que tu veux une glace ?

— Il parle pas ? s'étonne Nicole.

En insistant, on finit par obtenir une réponse
positive. Je décide du parfum pour lui.

— On dirait qu'il a jamais vu de femme…,
déclare-t-elle en s'éloignant.

Je regrette que Patrick ne nous ait pas accom-
pagnés pour que l'équipe soit au complet. Avant
que la glace n'arrive, je décide de changer de
place. Je prends mon père et choisis une table
dans le fond de la salle. Je fais signe à Nicole
d'apporter des serviettes.

Elle nous sert et s'assoit avec nous cinq
minutes.

— Remarque, me dit-elle, il a pas l'air embêtant.

— Non, ça peut aller.

— Et il peut pas marcher ? T'es obligé de le porter ?

— Non, mais ça va plus vite.

— Dis donc, je crois qu'il est en train de manger une serviette !...

Je m'occupe de lui un instant et mets les autres hors de sa portée.

— Bon, Nicole... Arrête de le regarder. Ça l'énerve.

J'ai une impulsion subite, tout à coup. Je jette un coup d'œil alentour, puis passe une main sous la table et la lui glisse entre les jambes. Elle a un léger sursaut, mais me fixe sans broncher. Puis, le coude sur la table, elle appuie son menton dans sa main et regarde au-dehors.

— Je me demande ce qu'Élisabeth penserait de ça..., murmure-t-elle.

— J'en sais rien.

— Et ça te vient comme ça, subitement ?

À mon tour, je regarde dehors. En fait, je ne mène pas une exploration en règle, sous la table. Je me contente de lui tenir la cuisse. Elle hausse les épaules et me dit :

— Tu vois, je croyais que ça allait plutôt bien entre Élisabeth et toi...

— Bon... y'a des choses, faut pas leur chercher d'explication.

Je lui souris mais elle garde un air préoccupé.

Quant à ma main entre ses jambes, je crois qu'elle l'a oubliée. Je relance la conversation :

— Voyons, est-ce que je me trompe ? Tu n'as pas un peu grossi ?

Elle lève les sourcils :

— Tu trouves ?

— Je sais pas. J'ai l'impression. C'est peut-être avec l'hiver.

Elle a une espèce de grimace :

— Oui, ça doit être ça.

Tant bien que mal, mon père a terminé sa glace. Il faut lui essuyer le menton. Ça me donne une raison de retirer ma main des jupes de Nicole.

Je continue de m'adresser à elle tout en nettoyant le visage et les mains de mon père :

— C'est peut-être aussi que tu vas pas très bien... Y'a quelque chose qui te turlupine ?

— C'est quoi, *turlupine* ?...

— Y'a quelque chose qui te tracasse ?

Elle a un rire bref, qui ressemble à une sorte de hoquet. Elle tient son front en appui dans sa main et me considère, la tête penchée de côté.

— Tout juste ! me répond-elle sur un ton amusé. Y'a quelque chose qui me tracasse !... (Elle me sourit presque.) En fait, je crois bien que TOUT me tracasse !

— Oui... Ça fait beaucoup.

— Tu sais, je me sens ÉCRABOUILLÉE... Est-ce que tu comprends ?

Je la fixe en réfléchissant à ce qu'elle vient de me dire.

— Si je te comprends ?... Eh bien moi, là, tel que tu me vois, je ne peux plus supporter le moindre poids sur mes épaules. (Je me penche vers elle.) Tu m'entends ? Terminé !...

Elle se redresse.

— Ça te fait quoi, exactement ? me demande-t-elle. Moi, j'ai l'impression qu'on cherche à m'enfermer dans une boîte trop petite pour mon corps, ça m'étouffe !

— Oui, ça revient à ça de toute façon.

— Écoute, je sais pas comment dire... Je crois qu'il y a pas moyen de s'échapper.

— J'en sais rien. Et moi, je n'ai plus ton âge. Je suis obligé de résister sur place.

Je dois me lever car mon père nous a faussé compagnie et il est en train d'embêter des gens. Je le ramène. Je l'invite à terminer sa bière et à se tenir tranquille.

Elle reprend :

— Mais le sexe, des fois, c'est comme un ballon d'oxygène. Peut-être que c'est ça ou crever, non ?

À ce moment-là, on l'appelle. Elle continue de me regarder, mais comme je ne réponds rien, elle glisse doucement de la banquette et finit par y aller.

Je sens le vent venir depuis un bon moment. Ça discute ferme, chez Paul, et les gars restent un peu plus longtemps que d'habitude, et ils s'énervent. Par contre, les bureaux de Georges Azouline ferment très tôt et il ne gare plus sa voiture sur les quais. On lui a bousillé une Mercedes flambant neuve, il y a quelques années, à la sortie d'une assemblée générale un peu mouvementée. On lui a largué une palette de sacs de ciment du haut d'une grue.

Il réduit les équipes et embauche des occasionnels. Nous, on appelle ça se foutre du monde. J'ai beau avoir mon lot de problèmes personnels, en ce moment, je suis toute cette histoire d'assez près. Je me balade dans le coin, je reste dans les parages. Le soir, je donne des coups de téléphone, je prends le pouls de la situation, je grogne avec des types que je connais depuis longtemps et qui ont une certaine influence auprès des autres. Les oreilles d'Azouline doivent siffler.

J'apprends qu'il est atteint d'un cancer de la vessie au cours de ma première séance de drainage avec Juliette Blamont. Elle le voit régulièrement depuis quelques mois pour un problème de circulation et me fait jurer de tenir ma langue.

Je préviens les gars : «Ce type a un cancer de la vessie. Il n'a plus rien à perdre. Souvenez-vous de ce que je vous dis!...» Personnellement, ça me le rend presque sympathique.

Là-dessus, je vois Victor au club d'aviron. Il me dit qu'ils vont avoir besoin d'un homme à tout faire.

J'en parle avec Élisabeth. Nous sommes au champ de courses, à une nocturne, en compagnie de Ralph et Monique. On a bu des bières, mangé des sandwiches et on ne trouve même pas un coin pour s'asseoir. Mais les deux autres, ça ne les gêne pas. Ils sont même aux anges.

— Il ne t'a pas donné de date précise? me demande-t-elle.

Je fais signe que non.

On est censés ne pas louper la cinquième course et repérer une pouliche nommée Antilope. Nous n'en sommes qu'à la troisième mais Ralph et Monique sont déjà collés à la vitre. Je me sens un peu ballonné et donc d'humeur maussade.

— Remarque, reprend-elle, tu ne serais pas enfermé. C'est déjà quelque chose.

— N'empêche que ça ressemble pas à un vrai boulot. Je vais bricoler à droite et à gauche, voilà tout... Reconnais qu'il y a pas de quoi se relever la nuit... Tu peux tourner ce machin dans tous les sens et le prendre par n'importe quel bout sans pouvoir dire de quoi ça a l'air!...

Elle baisse aussitôt les yeux et écrase sa cigarette dans un gobelet en plastique.

— Bon. On ne va pas discuter de ça ici..., lâche-t-elle d'une voix sourde.

Elle va rejoindre les autres. Je vais au bar demander un Alka-Seltzer. Ce que je trouve fatigant, c'est que personne ne tient en place. Ça va et ça vient entre les paris et tout le monde est tendu, tout le monde est debout et salement occupé. Un coup, ils ont le nez dans le journal, un coup, sur le tableau où s'affichent les cotes. On se croirait dans une maison de fous.

Ralph vient me chercher pour que j'assiste à la fameuse course. Je n'ai pas tellement envie de me mêler à la bousculade mais il ne veut rien entendre. Nous jouons des coudes pour parvenir jusqu'au premier rang. Monique me glisse un joint dans la main. Par-dessus mon épaule, Ralph s'agite et me désigne Antilope que l'on conduit sur la ligne de départ. « Magnifique !... Maaaagnifique !... » souffle-t-il dans mon oreille en avalant sa salive avec difficulté.

— Prête-lui tes jumelles !..., lui fait Monique.

Je les prends et vois les mêmes choses en plus gros.

— Dis donc, le jockey se tient le ventre. Il a l'air malade.

— Regarde pas le jockey !

Dès que le signal du départ est donné, Monique s'agrippe à mon bras et se met à sauter sur place. Ralph m'arrache les jumelles des mains.

Pendant la course, j'essaie de lui montrer que je m'intéresse à la question. Je lui demande :

— Une antilope, ça court plus vite qu'un cheval ?

— Bon Dieu, comment veux-tu que je sache ?!...

En tournant la tête, j'aperçois Élisabeth

juchée sur un tabouret du bar. Il y a un type en train de discuter avec elle, mais il est de dos, je ne peux pas voir qui c'est.

À l'entrée de la ligne droite, je cherche Antilope des yeux.

Ensuite, nous retournons au bar. Ralph est toujours aussi enthousiaste. «Ce qu'il faut regarder, m'explique-t-il, c'est son *potentiel*!... Oublie qu'elle était montée par un connard. Est-ce que tu l'as bien observée? Est-ce que t'as senti ce qu'elle avait en réserve? Ah la la, je suis déjà fou amoureux d'elle!...»

Il veut absolument que je vienne la toucher. Je ne suis pas très chaud mais il m'emmène en bas avant que j'aie pu tirer cette histoire au clair avec Élisabeth. Elle prétend que j'ai rêvé, qu'elle ne parlait avec personne.

On tourne autour d'Antilope.

— Vas-y, caresse-la..., me demande Ralph.

Je pose ma main dessus et il lui fait : «Je te présente Francis!...» Il me jette un coup d'œil ravi.

— Vas-y, dis-lui quelque chose...

Je réfléchis une seconde :

— Écoute, je sais pas quoi lui dire.

On retrouve les filles. Ralph leur déclare que j'en suis resté bouche bée. Il est si excité qu'il se met à chahuter avec moi. Et il ne veut pas aller se coucher. En passant devant le Kon-Tiki, il braque subitement et se gare sur le parking. Il coupe le contact et nous lance : «Et si on allait boire un coup?!»

On s'installe en haut. Je reprends un Alka-Seltzer.

— Et si on allait danser?

On lui explique gentiment qu'il est encore trop tôt, que la discothèque n'est pas encore ouverte. Mais ça ne le contrarie pas. Il semble si heureux.

— Eh!... On est pas bien, ici?!..., nous annonce-t-il avec un sourire extatique.

Je me penche vers Élisabeth :

— Tu parlais à quelqu'un. Pourquoi tu me dis que tu parlais à personne?

— Je parlais à personne, me répond-elle sur un ton distrait. Ou alors, j'ai pas fait attention. J'ai oublié.

Je prends une poignée de cacahuètes, je laisse passer une minute, puis je reviens à la charge :

— T'as oublié? Mais comment ça, t'as oublié?...

J'ai l'air de l'agacer. Elle me dit :

— Écoute, tu m'agaces avec cette histoire!...

— C'est vrai, intervient Monique. Qu'est-ce qui t'arrive?...

— Bon, je peux continuer?..., demande Ralph.

J'essaye de me distraire en parcourant la carte. Je les entends bavarder mais ne saisis pas un traître mot de ce qu'ils racontent. Je fais :

— Dis donc, mais est-ce que tu me prends pour un idiot?!...

Ils me considèrent tous les trois.

— Parce que, attends voir…, continué-je. Je t'empêche pas de parler à quelqu'un, qu'on soit bien d'accord… Mais viens pas te foutre de ma gueule.

Élisabeth me fixe sans répondre.

— Ma parole! Mais t'es jaloux!…, déclare Monique.

— C'est pas une question de jalousie. Occupe-toi de tes fesses.

Élisabeth s'allume une cigarette et me regarde par en dessous :

— Tu veux que je te dise quelque chose?… Figure-toi que j'avais la tête ailleurs, lorsque j'étais au bar… Est-ce que ça te suffit ou est-ce qu'on doit s'expliquer devant tout le monde?…

— Je te remercie pour le «tout le monde», grince Monique.

— Oui, tu as raison. Excuse-moi.

— Change pas de sujet. Je te vois parler à quelqu'un. Je te demande qui c'est. Y'a pas de quoi tergiverser là-dessus pendant des heures.

— Oui, c'est ce que tu crois, ricane Monique. T'as une idée du nombre de types qui viennent nous baratiner dans la journée?!… Heureusement qu'on y fait pas attention! Plains-toi d'avoir une femme qui passe pas inaperçue…

— Mais qui se plaint? demande Ralph. On se renseigne…

— Après tout, déclare Élisabeth, si ça peut te faire plaisir… Admettons que j'aie échangé trois mots avec un inconnu… Tu es content?

Je joue une seconde avec son briquet sur la table, puis je lui décoche un sourire écœuré.

— Qu'est-ce qu'il y a ?! s'énerve-t-elle.

Je reste sans ciller.

— Tu te rends compte, poursuit-elle, que je ne sais même pas de quoi tu parles ?!...

— Ben, j'ai qu'à te regarder et j'ai pas cette impression.

— Ma parole, mais il est en train de lui faire une scène ?!..., s'avise Monique. Francis, mon chou, est-ce que tu te sens bien ?!...

Je me lève et je vais choisir un disque. Nicole a un temps d'hésitation en me voyant, puis elle aperçoit les autres et comprend que ce n'est pas le démon de midi qui m'amène. Elle vient m'embrasser, va les embrasser avant de prendre son service.

Quand je retourne m'asseoir, ils se taisent. Je leur dis :

— Vous gênez pas pour moi.

Élisabeth m'annonce :

— Je leur ai parlé de la proposition de Victor Blamont.

J'avale quelques cacahuètes puis je me rends compte qu'ils attendent que je réagisse, mais je ne sais pas pourquoi.

— Oui, et alors ?...

— Je leur ai dit que tu faisais la fine bouche.

Je me frotte les mains pour enlever le sel.

— Ah bon... Alors tu vois ça comme ça ?!...

— Est-ce que je me trompe ?

Je la fixe. Puis je me relève et repars choisir un disque. Je les vois qui se remettent à discuter. Je reviens, mais je ne m'assois pas.

— Il a qu'à me proposer un vrai boulot, et on en reparlera!

— Allons, assieds-toi..., me dit Ralph.

— J'appelle pas ça faire la fine bouche! Je veux simplement qu'on me foute la paix! Je crois que vous comprenez pas un truc.

Il me touche le bras:

— Allez, merde, reste pas debout... Et raconte pas de bêtises, on comprend *très bien* ce que tu veux dire, on est pas complètement bouchés...

Je regarde Élisabeth. Elle baisse les yeux. Alors je me rassois.

— Enfin, est-ce qu'on peut te parler? demande Monique.

Je me tourne vers elle en plissant les yeux. Puis je hoche la tête. Je prends une cigarette, j'enlève le filtre et je l'allume.

— Moi, tu sais pourquoi je suis flic? intervient Ralph. C'est pour l'uniforme.

— Oui, on le sait, dit Monique. Laisse-moi en placer une, s'il te plaît.

— Et vendeuse, d'après toi, c'est un vrai boulot?!..., la coupe Élisabeth. Tu crois que ça m'aide à me sentir bien dans ma peau, que ça me donne l'impression d'avoir les pieds bien sur terre?...

— C'est ce que je voulais dire, s'impatiente Monique. Faut quand même que tu t'inquiètes de la situation, tu crois pas? Tu en connais beaucoup qui peuvent se payer le luxe de faire les difficiles? Je veux dire, aujourd'hui, dans le monde où on vit. Tu lis pas les journaux ou quoi? Tu crois qu'on peut se permettre d'avoir des sentiments?

Ralph fait signe au barman pour qu'il nous serve la même chose.

— N'empêche que si j'ai pas de sentiments, aujourd'hui, à l'âge que j'ai, quand est-ce que je vais les avoir?...

— Que veux-tu que je te dise? Peut-être que ça va te passer?...

— Ralph, qu'est-ce que t'en penses? lui demande Élisabeth.

Il attend que l'on finisse de remplir nos verres, puis vide le sien et se penche vers moi avant de répondre :

— Je vais même pas te donner un conseil, me déclare-t-il, je vais simplement te dire ce que tu vas faire : garde ce machin-là sous le coude!...

— C'est tout ce que je lui demande, glisse Élisabeth.

— Peut-être que tu seras bien content d'avoir ça, poursuit-il, au cas où il pleuvrait de la merde. On sait jamais comment ça peut tourner. Et personne t'oblige à faire ça jusqu'à la fin de tes jours, de toute façon. Tu sais, y'a un moment pour la ramener et un moment pour s'écraser. Faut pas se relever quand t'entends siffler le sabre.

— Je vais te dire ce qui cloche, moi, me fait Monique. Tu crois que t'es vieux et t'es pas vieux! J'ai pas raison?

— Je vois pas le rapport.

— Mais tu viens de le dire toi-même : «à l'âge que j'ai»!...

— Y'a pas d'âge pour se sentir écrabouillé. Suffit de réfléchir une seconde.

Sur ce, tout le monde se renfrogne.

Le lendemain, Théo m'annonce que la voiture d'Élisabeth est prête. Je vais la chercher et on discute un moment tous les deux. Quand je vois Patrick, je lui dis ce que je pense de cette histoire et je le mets en garde, bien qu'il refuse de m'avouer franchement ce qu'il en est avec Nicole. Je prends soin de tenir Élisabeth hors du coup en lui déclarant que je suis au courant de ses allées et venues, des soirées qu'il passe là-haut, et que je n'ai pas besoin d'un dessin.

En fait, c'est plutôt la réaction de Paul qui m'inquiète. Je le sens nerveux lorsque nous effleurons le sujet.

— Je ne devrais pas dire ça de mon frère, soupire Élisabeth, mais c'est un parfait crétin!

— Tu le penses?

— Absolument.

On sonne chez les Blamont.

Victor vient nous ouvrir. Il embrasse Élisabeth. Quand il a fini, je déclare :

— Victor, je te présente Monique et Ralph.

On passe une bonne soirée. Et encore une autre un peu plus tard.

J'en profite pour essayer de gagner du temps au sujet de mon père, mais Victor ne peut plus intervenir. Quand je suis sur les docks et que je vois que ce fichu tas de neige n'a pas fondu d'un poil, je me sens minuscule. Je suis allé le tâter un matin. S'il n'a pas fondu, il a rétréci, il est devenu dur comme de la pierre et tout grisâtre. Je me suis abîmé la main dessus. J'ai demandé plusieurs fois à Paul si ça ne le gênait pas d'avoir ça pratiquement devant sa porte. Il m'a répondu que j'avais un problème. Je lui ai dit : « Mais encore ?... » Il m'a dit : « T'as pas plus urgent à faire qu'à t'occuper d'un tas de neige ?! » Je sais que ça l'emmerde que je sois sans boulot, vis-à-vis de ses clients. Il aurait aussi aimé que j'épouse Élisabeth. Que Nicolas et Théo aient un vrai garage. Que Nicole se tienne tranquille. Il dit qu'il est pas aidé.

Il s'est remué auprès des services de la ville, où il connaît deux ou trois personnes, pour m'obtenir une place. Je peux leur conduire un camion. Je le fais quelquefois, comme l'autre soir, quand ils ont besoin de chauffeurs supplémentaires. Surtout au printemps, quand il s'agit de rempierrer des chemins défoncés par le gel. J'y suis allé mais ils ont donné le boulot à un type beaucoup plus jeune. Je n'en ai même pas parlé à Élisabeth.

Un soir, je suis dans sa cave et on est en train

de ranger des caisses de bouteilles, de rouler des barriques de bière, de sortir les alcools forts des cartons. Et il m'apprend que sa femme lui en a fait voir de toutes les couleurs.

— Alors, tu comprends, m'explique-t-il, ça suffit d'une dans la famille !...

— Moi, à ta place, j'estimerais que j'ai assez donné.

— Non, c'est un truc qui me poursuit comme une malédiction !... (Il s'assoit sur une caisse, pris d'une soudaine lassitude.) Et quand je dis « une », c'est même pas ça... Est-ce qu'Élisabeth t'a dit que notre mère était un drôle de numéro ?...

Je prends un chewing-gum, car j'ai décidé d'arrêter de fumer.

— Toujours le nez à la fenêtre, poursuit-il. Toujours en train de se pomponner, de tortiller des fesses devant Pierre ou Jacques. Ça me rendait malade. Tu imagines ce que ça me faisait de voir ma mère avec la bave aux lèvres ?!...

— Sacré nom d'un chien !

— Oui, enfin j'exagère, mais pour te dire à quel point... J'avais honte quand elle venait me chercher à l'école, je voulais pas que mes copains la voient. J'en ai pissé au lit jusqu'à dix-huit ans... En chaleur du matin au soir, je te mens pas, elle était complètement obsédée. Et c'était ma propre mère, *est-ce que tu piges ?!...*

Il lève les yeux sur moi.

— Je te dis ça pour que tu comprennes,

reprend-il. Et ensuite, ça a été le tour de ma femme... Une belle salope, elle aussi. J'ai pas besoin de te donner de détails. Mais bon, j'ai rien dit parce que je voulais pas que mes mômes revivent ce que j'avais vécu... (Il se caresse la mâchoire.) Et voilà que ça recommence avec Nicole!... Tu crois pas que ça fait un peu beaucoup?

— Oui, je reconnais... C'est pour ça que tu devrais pas t'en mêler. Pense à autre chose.

— Ben voyons! grimace-t-il. Je suis debout derrière le bar toute la journée! J'entends pas ce qu'on raconte!...

Le fait est que ce n'est pas facile. Il prend une cigarette et m'en propose une. Je secoue la tête. Je sors mes chewing-gums. Mais ça ne le tente pas.

— C'est comme si elles se repassaient un virus..., lâche-t-il d'une voix sombre. Et tu sais, même Élisabeth... Je veux bien croire qu'elle s'est calmée, mais elle a quand même été mariée deux fois, faut pas l'oublier. C'est quand même un signe, viens pas me dire le contraire... Non, y'a un truc dans la famille, c'est pas possible autrement!

Quand je rentre, Élisabeth est en petite tenue. Sa robe est posée sur une chaise. Elle prétend qu'elle l'a tachée avec de l'huile en mélangeant la salade. Je lui dis qu'elle devrait penser à tirer les rideaux, sauf si ça l'amuse de savoir que les voisins sont déjà aux fenêtres. Elle me répond :

« Mais non ! » en haussant vaguement les épaules. Je lui dis : « Mais si ! » Je tire les rideaux et je lui explique encore une fois que c'est pire qu'en plein jour où il peut y avoir des reflets sur les vitres, que le soir c'est comme s'ils étaient installés dans une salle de cinéma et, que si ça se trouve, ils ont des jumelles. « Pourquoi pas un télescope ?!... » répond-elle en riant. Je lui dis que ça ne me fait pas rire. Et j'ajoute : « Au fond, peut-être que ça te plaît. Je finis par me le demander... » Elle me considère une seconde, en gardant le sourire aux lèvres. « Écoute... C'est comme si j'étais en maillot de bain !... » Je vais pendre ma canadienne. « T'en es sûre ?... Moi j'en suis pas aussi sûr... » Elle insiste : « Dis-moi où est la différence... » Je me tais et je vais rouvrir les rideaux. « Enfin, pourquoi tu fais ça ?... » Je lui réponds : « Excuse-moi. J'avais pas vu que t'étais en maillot de bain. » Et ça s'arrête là.

Puis on est à table et je lui dis : « Imagine qu'on frappe à la porte à ce moment-là. C'est comme ça que tu vas aller ouvrir ?... » Elle a enfilé un long pull. Elle fait l'étonnée. Je suis obligé de lui préciser : « Je parle pour tout à l'heure... » Elle me demande si je veux un yaourt. Je lui fais : « Où t'as vu qu'y avait des dentelles à un maillot de bain ?! » Elle soupire et cherche ses cigarettes. « Écoute, j'ai eu la flemme d'aller me changer. J'ai pas l'habitude de me balader sous les fenêtres dans cette tenue, si tu veux savoir… (Elle allume sa cigarette et ajoute :) Mais ça me dérange pas non plus.» Je me prends un chewing-gum. «Moi, ça me dérange.» Elle me répond : «Au fond, je vois pas pourquoi…» Je la regarde, puis je me lève de table.

On s'est installés à côté. Je réfléchis en faisant fondre un esquimau dans mon verre. Elle est plongée dans un magazine féminin. Je lis sur la couverture, en gros caractères : SEXUALITÉ : SORTEZ DONC DES SENTIERS BATTUS ! Je lui dis : «Franchement, ils sont quand même un peu fêlés, dans ces journaux !» Sans lever les yeux, elle murmure : «Hein ? Qu'est-ce que tu dis ?» J'attrape celui de la semaine passée : ORGASME : NE VOUS CONTENTEZ PLUS DE DEMI-MESURES ! Et encore un autre : COUPLE : PARLONS UN PEU DE L'ÉCHANGISME. Je lui demande : «Et ils donnent toujours des recettes de cuisine ?…»

Plus tard, elle prend sa boîte de couture et refait l'ourlet d'une jupe. Je la regarde. Elle la bâtit rapidement et l'essaie. «Qu'est-ce que t'en penses ?» Je ricane : «Tu trouves pas que c'est un peu court ?» Elle va se planter devant la glace. «C'est parce que t'es assis…», déclare-t-elle. Je lui demande de se pencher un peu. «Nom de Dieu, je vois même ta culotte !» Elle tire sur la jupe, soupire, m'annonce que c'est pour l'été. Je lui dis : «Merde, on connaît tout le monde dans le quartier!» Elle me fait : «Mais qu'est-ce que t'as, ce soir? Quelle mouche te pique?...» Je ne réponds rien. Je la regarde puis je prends le journal.

Je bâille. Puis elle vient à quatre pattes entre mes jambes et me jette un coup d'œil. Je finis par lui caresser la tête. Les rideaux ne sont pas tirés. Je me demande si elle le fait exprès ou non. Elle est en sous-vêtements, mais tels que nous sommes placés par rapport à la fenêtre, on ne peut pas affirmer qu'elle se donne en spectacle. Je ne crois pas que l'on puisse beaucoup nous voir, avec le dossier du fauteuil. Enfin, je n'en suis pas sûr. Enfin, ça ne m'étonnerait pas. N'empêche qu'elle remue les fesses.

Un poisson va jaillir du tapis et lui rentrer dans le cul. C'est sûrement le but de la manœuvre. Elle tire une langue rose qui pourrait bien être la tête de l'animal. Elle tergiverse. Pas moi. Je me débarrasse vite fait de mon pantalon et de mon slip. Je lui ôte son soutien-gorge. Elle reste un moment la joue posée sur ma cuisse, à regarder ma bite, à humecter ses lèvres. J'ai été marié avec une femme qui m'a trompé plusieurs fois. J'imagine que ça ne m'a pas rendu plus intelligent.

Élisabeth se branle en me suçant. Je me décide à lâcher les accoudoirs du fauteuil pour lui attraper les seins. Je glisse mes orteils dans l'élastique de son slip et le descends au bas de ses cuisses afin de lui faciliter la besogne. Elle l'envoie valser. Je l'intercepte en plein vol puis nous le colle sous le nez à tour de rôle. Certains soirs, il atterrit à l'autre bout de la pièce et on doit s'en passer. Le téléphone sonne mais on ne répond pas. Je soulève mon bassin et elle fourre son nez entre mes jambes sans pour autant abandonner ma saucisse qui patine entre ses doigts. Et pendant ce temps, elle ne garde pas sa langue dans sa poche. Elle peut la tirer davantage que la plupart des gens : quand elle était enfant, un médecin a dû lui couper le frein. Mon ancienne femme, au contraire, avait une petite langue de rien du tout. Mais ça ne faisait pas d'elle une sainte. Souvent, ça me chatouillait plus qu'autre chose et je ne voyais pas l'intérêt de nous éterniser là-dessus.

Malgré tout, à cause de Paul et des sujets que j'ai ruminés toute la soirée, je reste un peu distant. Je pourrais me pencher pour la relayer avant qu'elle ne crache son jus sur le tapis mais je la laisse se débrouiller et croise mes mains derrière la tête. Je me demande si elle pense à ce type avec lequel elle discutait l'autre soir, et ce que ça cachait. Je me demande s'il n'y en a pas un autre en face, avec des jumelles, et si c'est seulement pour moi qu'elle s'applique, qu'elle m'avale la queue comme si c'était le jour de mon anniversaire. Elle retire sa main d'entre ses cuisses et cherche ma bouche. Je lui lèche les doigts, l'intérieur de la paume, en la regardant de côté.

Une fois, je lui ai demandé de me pisser sur le ventre. Ça n'a l'air de rien mais c'est tout de même la preuve que rien n'est simple. Je n'ai jamais pu digérer les aventures de mon ex, la mère de Patrick. J'ai attendu d'avoir cinquante ans passés pour me faire sucer sans que ça me donne envie de dégueuler sur toutes les femmes en général. Mais on n'est jamais complètement lavé de ces histoires. Avec Élisabeth, j'aimerais qu'on se roule dans la boue et qu'on se relève dans du linge blanc. Je vis avec ça et je ne crois pas que je puisse faire mieux. Je crois que je ne vais plus changer.

On a un rassemblement sous les fenêtres de Georges Azouline. On en avait discuté et on s'était mis d'accord pour laisser passer les fêtes mais il a pensé la même chose que nous et il en a profité pour nous prendre de vitesse. On demande à lui parler mais il ne veut pas nous parler. Il apparaît de temps en temps derrière les carreaux. On se regarde. On lui fait signe de descendre. On n'a pas encore eu le temps de se retourner, on est juste une petite vingtaine à piétiner dans le froid avec le sentiment d'avoir été couillonnés et, cette fois, Georges Azouline a garé sa voiture autre part.

Ça commence à nous échauffer. Je lance : «Non, mais avec sa putain de vessie, qu'est-ce qu'il se croit ?!...» On trouve que j'ai raison. On se met à gueuler. On a l'impression qu'on serait capables de le balancer dans la Sainte-Bob, lui et ses bureaux. C'est comme de travailler en usine : il n'y a pas grand-chose à attendre de ce genre de boulot. Mais quelquefois, on sent cette espèce d'énergie nous traverser comme un seul homme, et là ça vaut le coup. On est comme sur un nuage.

Je ramasse une pierre et je la balance dans les carreaux d'Azouline. J'en descends un. Ensuite, on est dispersés par la police.

On attend que ça se calme, puis on se retrouve chez Paul. Il me dit : «Élisabeth te cherche.» Je rentre à la maison et elle me fait : «Ton frère vient d'appeler. Je sais tout !»

J'accroche ma canadienne en soupirant. Elle finit de repasser sa minijupe de l'autre soir et lève de nouveau les yeux vers moi :

— Je veux pas d'un assassin sous mon toit ! déclare-t-elle.

Je m'assois. Je lui dis :

— Bon Dieu, c'est des conneries !...

— J'en suis pas si sûre.

— Écoute : primo, c'est pas un assassin. Et deuxio, il est pas sous ton toit.

Elle prend une de mes chemises et la repasse à grands coups de fer, comme si j'étais à l'intérieur.

— Eh ! continué-je. Y'a eu une enquête, je te signale !... Marc a peut-être oublié de te le dire !... Eh, tu m'écoutes ?!...

Elle se pince les lèvres avant de lâcher :

— Tu m'as dit qu'elle s'était noyée, mais tu m'as pas dit que c'était *dans sa baignoire*, sacré nom d'un chien ! Et qu'il était seul avec elle !… Et qu'une fois, il a essayé de l'étrangler, *cette espèce de sale bonhomme* !…

J'arrive à joindre Marc en début d'après-midi et on a une sérieuse engueulade au téléphone. On s'est déjà accrochés de nombreuses fois à ce sujet, surtout au cours des mois qui ont suivi, et c'est pour cette raison que nous ne nous voyons plus, parce que ça revient toujours sur le tapis. Ce n'est même plus la peine d'essayer. On s'entendait bien tous les deux, autrefois. On lui tenait tête ensemble et ça nous a valu de bonnes raclées, et même vers la fin, tout le quartier était au courant des tannées que le père et ses fils se mettaient régulièrement. Mais rien n'a résisté à la mort de notre mère. Et Marc l'aimait tellement qu'il s'est enfoncé cette histoire dans le crâne et rien n'a jamais pu l'en dissuader. Même avec le nez dessus, il ne voudrait pas en démordre. Élisabeth me croit à moitié. Elle digère mal le fait que mon père ait pu se trouver une autre femme et recommencer une autre vie quelques mois plus tard. Chose que Marc ne digère pas non plus. Mais qu'est-ce qu'on sait des uns et des autres ? Et Élisabeth de conclure : « N'empêche qu'il y a un doute. »

Je me sens lessivé. L'autre fois, Monique m'a déclaré que je me sentais vieux et c'est vrai que ça m'arrive de temps en temps et que j'irais bien me coucher au beau milieu de l'après-midi. Je me suis vraiment fichu en rogne contre Marc. Je n'ai pas la même patience que lui avec les mots. Le ton est monté rapidement à cause de moi et pour finir, je lui ai dit d'aller se faire enculer. J'y suis peut-être allé un peu fort. Et la vieillesse, c'est quand on a le sentiment qu'on n'aura plus le temps de réparer les choses. Quand on sait qu'on fait des trucs une bonne fois pour toutes.

Élisabeth me dit :

— T'es trop dur avec tout le monde et tu t'en rends pas compte.

— Non, tu te trompes.

Il y a nocturne, ce soir, chez Melloson, et je lui propose de l'accompagner et d'aller la rechercher. Elle ne prend pas la peine de me répondre. Elle attrape sa pile de repassage.

— Tu ne t'en rends pas compte, insiste-t-elle, mais c'est tout au fond de toi. Quelque chose que rien ne peut atteindre.

— Tu crois ça ?...

— Oh, écoute, ne gaspillons pas notre salive !...

Elle embarque le linge dans la chambre. Je ne lui cours pas après.

Dès qu'elle est partie, le ciel se couvre et il se remet à neiger, une volée de petits flocons très dense qui fait disparaître les maisons d'en face et s'interrompt d'un coup, au bout d'une demi-heure, en dévoilant un ciel laiteux, uniforme, vaguement orangé. Je rappelle Marc et on s'engueule de nouveau, mais cette fois je me retiens et je me rends compte qu'on a été à deux doigts de la rupture définitive et que j'ai été bien inspiré de le repiquer à chaud pour diluer un peu l'histoire. Et ensuite, je me dis que c'est peut-être vrai, que j'ai souvent pris les trucs sur moi, depuis toujours, même quand c'était pas à moi de les encaisser, et que peut-être je l'ai fait parce que ça ne m'atteignait jamais au plus profond et je reste un moment assis à y réfléchir, mais je n'arrive pas à savoir. Alors je me demande bien comment Élisabeth peut en être aussi sûre.

Je retourne chez Paul, mais ils sont tous partis et mon tas de neige s'est épaissi de quelques centimètres, il est redevenu tout blanc.

— Je savais pas que ça te faisait chier à ce point-là…, me dit Paul.

— Bah, c'est pour parler de quelque chose.

— Je savais pas qu'un tas de neige, ça pouvait faire chier quelqu'un.

— Parfois, y'a des trucs qui t'aident à comprendre ce qui t'arrive. C'est comme si tu les sortais de ton crâne pour les examiner.

Il est de l'autre côté du bar, avec un journal étalé devant lui. Il tourne la page en soupirant.

— Et ça t'avance à quoi? me demande-t-il. Ça t'aide à trouver du boulot?

— Écoute, t'es trop con pour qu'on puisse discuter avec toi.

Il continue sa lecture pendant que je termine mon Perrier. Je lui en demande un autre. Il me regarde l'avaler puis il secoue la tête et se replonge dans son journal, les bras croisés sur le comptoir. Je lui dis :

— Même si j'étais un condamné à mort, ça m'empêcherait pas de faire ma toilette tous les matins. C'est comme ça qu'on garde l'équilibre.

— On est dans un pays libre, ici. T'as le droit de boire ce que tu veux.

Ralph entre à ce moment-là. Il dit qu'il a vu ma voiture. Il pose son casque sur le bar et prend un Perrier.

— Lui c'est pas pareil, déclare Paul. Il est en service.

— Non, c'est pas ça, fait Ralph. Je suis sous antibiotiques. Antilope a de la fièvre, et je crois que j'ai attrapé le même truc.

— T'es trop souvent fourré avec elle. Paul et moi, on te l'a assez répété. Tu ferais mieux de t'occuper de Monique.

— Ça s'arrange toujours pas ? s'inquiète Paul.

Ralph se contente de lui glisser une grimace évasive. Paul se penche vers lui :

— Écoute-moi, c'est de la dynamite, cette histoire… Ça va te péter au nez ! Si elle en a envie et qu'elle y arrive plus avec toi, je te garantis que la mèche est drôlement courte !

— C'est pas prouvé qu'elle y arrive avec un autre, dis-je.

— Va lui expliquer ça ! ricane Paul. Va donc leur expliquer quelque chose ! Elles te feraient tourner une armée de toubibs en bourrique !

— Demande à Francis si je me donne pas du mal !... Je sais plus quoi inventer.

— Mais tu sauras *jamais* quoi inventer ! C'est ça qu'il faut comprendre... Et je te parle en connaissance de cause.

— Charrie pas..., fais-je.

Victor Blamont entre à ce moment-là. Il dit qu'il a vu ma voiture. Il trouve que Ralph ne paraît pas dans son assiette. Je lui annonce qu'Antilope est malade. Il lui touche le bras :

— Bon sang ! Rien de grave j'espère ?!...

— C'est Monique qui le fiche à plat, déclare Paul.

Victor considère Ralph un instant et son visage s'éclaire :

— Qu'est-ce que j'entends ?! s'exclame-t-il en riant et en le serrant contre son épaule. Arrêtons de nous inquiéter pour ça !... Juliette va nous la remettre sur pied, un peu de patience !

— Bon Dieu ! s'excite Ralph. Ce jour-là, on fait une fête à tout casser !... Franchement, la pauvre, faut reconnaître que ça doit être dur pour elle !...

— Remarquez..., dit Paul. Y'a des femmes qu'ont jamais eu d'orgasme de leur vie et qui en sont pas mortes... C'est une question de tempérament.

— Ouais, ben ça se fait rare, dis-je.

— Elles y ont droit, Paul, renchérit Ralph. Sois objectif.

— N'empêche que ça devient un drôle de foutoir, soupire-t-il. Venez pas me dire le contraire. J'en entends, du matin au soir, et je suis heureux d'être célibataire. Chaque fois que je ferme la boutique, je remercie le ciel de pouvoir mener une vie tranquille. Croyez-moi, les gars, je vous envie pas. J'ai pesé le pour et le contre.

Théo et Nicolas arrivent sur ces entrefaites. On leur demande ce qu'ils en pensent.

— Ça dépend, répond Nicolas. Si je dois choisir entre baiser et, mettons, regarder un match de tennis, je regarde le match de tennis.

— Ma foi, je dois avouer que ça se défend..., admet Victor.

— Faut pas les faire chier et elles nous font pas chier, lâche Théo en opinant du chef. Y'a des choses qui nous intéressent et qui les intéressent pas, et inversement. Même au lit, on n'est pas intéressés par les mêmes trucs.

Je suis en train de me dire qu'il ne manque plus que Patrick, et le voilà qui entre. Il se fait prier un peu puis finit par se lancer :

— Je sais pas... Je trouve que c'est difficile de penser à autre chose. Et c'est pareil pour elles, non ?

— Sauf qu'une femme, c'est plus tordu, déclare Paul. Perds pas ça de vue, mon petit vieux... Si personne ici a le courage de te le dire, moi je te le dis !...

— Paul, bon Dieu…, soupiré-je. C'est encore un gosse !…

— Mais c'est un établissement interdit aux mineurs…, me fait-il en prenant un air innocent.

— T'as pas pensé à l'interdire aux femmes ? plaisante Ralph.

— Il fait confiance à la sélection naturelle ! lance Nicolas qui entame une partie de flipper avec son frère.

Paul penche la tête en avant, écarte ses cheveux et nous dévoile une cicatrice blanchâtre.

— J'avais huit ans, nous annonce-t-il. J'ai surpris ma mère avec un inconnu. Elle m'a balancé un vase et m'a étendu raide dans le couloir. (Il nous regarde et ajoute :) C'est pas fini…

Il tire sur les pans de sa chemise et nous en montre une autre, violacée, en plein abdomen.

— J'ai été poignardé à vingt-trois ans. Une femme qui m'a fait une crise de jalousie pendant que je dormais. Et ça faisait des mois qu'elle me rendait fou, par la même occasion. (Il jette un coup d'œil en direction de ses fils et baisse d'un ton :) Mais ça c'est rien, c'est leur mère qui m'a vraiment flanqué la trouille… Je peux pas vous raconter ça maintenant.

— Et on te verse une pension pour ça ? demande Ralph.

Paul se rajuste en souriant.

— Je les ai vues à l'œuvre, murmure-t-il.

J'ai tout à coup la vision de mon père en train

de noyer ma mère dans sa baignoire. Ce que je trouve encore plus stupéfiant, qu'il l'ait fait ou pas, c'est qu'ils se soient jamais séparés, même quand c'était devenu intenable pour l'un comme pour l'autre. On était prêts à les aider, Marc et moi, s'ils décidaient de vivre chacun de leur côté. On les a pris à part et on a essayé de leur en parler calmement, de les amener à regarder les choses en face, mais ils nous ont envoyés promener l'un et l'autre. Ils n'ont même pas voulu nous écouter jusqu'au bout.

— Sexuellement, ça marchait entre maman et toi ? me demande Patrick.

Je me tourne sur mon tabouret et je le considère une seconde.

— Tu sais que je me suis toujours posé cette question à propos de mes parents ?!... s'étonne Ralph.

J'interroge mon fils :

— Est-ce que tu veux qu'on ait un entretien particulier ou ça t'est égal ?...

Il rigole. Si on lui appuyait sur le nez, il en sortirait encore du lait. Il aura vingt et un ans cet été, il a un studio en ville et subvient à ses besoins en se faisant arnaquer avec ses histoires de pizzas livrées à domicile, mais il est loin d'être aussi solide sur ses jambes qu'il ne le pense. Souvent, je me pose la question : est-ce que pour son bien je dois l'épargner ou lui démontrer sa faiblesse ?

— Eh bien, tu sais, lui dis-je, ta mère était

une femme étrange. D'ailleurs, à mon avis, elle l'est toujours, je vois pas pourquoi elle aurait changé. Enfin, tu la connais : elle paraît calme, mais au fond, c'est une nature fébrile. Alors ce n'était pas toujours de tout repos. Quand t'étais petit, par exemple, et que venait le soir de Noël, tu sautais sur tes cadeaux et ça se terminait toujours par des larmes. Tu t'énervais tellement que t'arrivais pas à les défaire. Est-ce que tu saisis ?

Ça n'a pas l'air. Il ne dit rien mais je vois bien qu'il reste sur sa faim. Et les autres nous couvent d'un vague et aimable sourire.

— Qu'est-ce qu'il y a ? demandé-je à la ronde.

— Tu l'embrouilles avec tes histoires de Noël, me fait Paul.

J'interroge Patrick du regard. Et je lui dis :

— J'essaye pas de t'embrouiller. Mais ce qui n'a pas marché, entre ta mère et moi, c'est plus compliqué que tu crois. C'est même pas une chose qu'on peut discuter *entre hommes*.

On finit par s'accouder le dos au comptoir pour regarder dehors. On profite d'un rayon de soleil qui illumine la Sainte-Bob et renvoie sa lumière jusqu'à l'intérieur du bar.

Elles viennent s'entraîner à la sortie des cours, deux ou trois fois par semaine, un peu avant la fin de l'après-midi. Elles sont à peu près deux ou trois fois plus dégueulasses que les garçons. Elles utilisent des shampoings à la con dont la mousse reste collée aux murs et sur les parois vitrées des cabines. Je dois les nettoyer au jet d'eau une à une. Enlever les paquets de cheveux qui obstruent les bouches d'évacuation, quand je ne suis pas obligé de sortir mon canif pour les démêler de la grille. Je leur distribue des petites savonnettes dont je retrouve les emballages un peu partout. En général, elles jettent leurs tampons dans la poubelle mais il s'en trouve toujours une pour oublier le machin quelque part, sur une tablette ou sous un banc, et ça ne m'amuse pas du tout. Je dois tenir mon père pour qu'il n'aille pas les embêter. Elles prennent leur temps, elles discutent, se sèchent les cheveux, se remaquillent. Je ne ferme jamais avant la nuit tombée.

Il paraît qu'aux premiers jours du printemps, elles seront plus nombreuses.

— Mais est-ce que c'est une raison pour que ça me retombe dessus? demande Élisabeth.

On est dans un embouteillage et on est en retard car cette fois, elles ont trouvé le moyen de me détraquer le robinet d'une douche et j'ai dû le réparer.

— J'aime pas me mêler de ce qui me regarde pas, lui réponds-je.

On passe prendre Monique et elle nous indique le chemin. Elle fait la grimace parce qu'elle est assise à côté de mon père, alors qu'il se tient tranquille. Et aussi parce qu'elle a peur qu'on n'arrive trop tard et que le type n'ait mis les voiles.

On sort de la ville. On roule durant une vingtaine de kilomètres le long de l'océan dont les petits rouleaux réguliers, sous le clair de lune, se brisent avec une blancheur électrique. On ne se dit rien. J'ai simplement jeté un coup d'œil sombre à Monique par-dessus mon épaule, au moment où elle se repoudrait, mais ça n'a pas été plus loin.

On se gare sur le parking du motel. On repère le bungalow qui nous intéresse. Le seul dont les fenêtres soient éclairées. Je me tourne vers Monique:

— On ferait mieux de faire demi-tour. Je sens qu'on va le regretter...

— Commence pas à nous flanquer le trac, s'il te plaît !

— Écoute, je crois que j'ai besoin d'y réfléchir plus longuement...

Élisabeth pose sa main sur mon bras, m'adressant une prière muette, tandis que Monique me fixe.

— C'est bon, dis-je. Mais je crois bien que je vais rester dans la bagnole.

Monique descend et vient ouvrir ma portière.

Je finis par sortir à mon tour. On arrange une couverture sur mon père qui s'est endormi, la tête appuyée contre la vitre, la bouche ouverte. On dirait que le sommeil l'a figé dans un hurlement de souffrance, comme si l'heure du Jugement dernier avait sonné. On le considère un instant, dans l'air froid qui se glisse entre les dunes, et je demande aux filles si elles n'y voient pas un mauvais signe.

Monique hausse les épaules et s'en va d'un pas décidé vers le bungalow.

Je lâche entre mes dents :

— Je savais pas qu'on était obligés d'y aller en courant !...

Elle s'apprêtait à frapper à la porte, mais se ravise et revient sur ses pas.

Elle s'arrête devant moi, le regard brillant :

— Francis, retire ça tout de suite ! me fait-elle d'une voix vibrante d'émotion.

— T'es vraiment incroyable ! me sermonne Élisabeth.

— Très bien, excuse-moi..., soupiré-je à l'intention de Monique. Mais essaye de te mettre à ma place.

Elle me dévisage une seconde, se mord les lèvres, puis son visage se défait.

Il y a un banc sur le côté de la porte, adossé à la façade de crépi blanc. On s'y assoit, le temps que Monique retrouve son calme.

Elle se mouche.

— Tu sais que je te considère comme mon frère !..., déclare-t-elle sur un ton larmoyant. Alors ne rends pas les choses plus difficiles !...

Élisabeth la réconforte et me déclare à mi-voix :

— Ce n'est peut-être pas facile pour toi, mais crois-moi, ça ne l'est pour personne... Regarde-toi : tu es tellement nerveux... Il y a quand même des choses bien plus graves !...

— Je n'y peux rien. Ça me tombe sur l'estomac. N'empêche que c'est moi qui ai le mauvais rôle dans l'histoire.

— Non, je ne suis pas d'accord... Ta position est peut-être inconfortable, mais elle est tout à ton honneur... Tu sais très bien que tu agis pour le mieux, au bout du compte. L'important, c'est d'avoir sa conscience pour soi.

J'ôte une chaussure et secoue le sable qui s'est glissé à l'intérieur.

— Non, je regrette, c'est pas toujours suffisant. Une trahison, c'est une trahison.

130

— Alors, d'après toi, il peut pas y avoir d'exigence supérieure ?!...

— Bien sûr qu'il y en a! intervient Monique en me lançant un œil égaré. Si je devais prendre le risque de te blesser dans ton amour-propre pour sauver quelqu'un, j'hésiterais pas une seconde! Et Dieu sait que je t'aime!...

Je secoue mon autre chaussure en la frappant sur le banc.

— Eh bien, allons-y!..., soupiré-je. Essayons de limiter la casse!...

Monique se tourne vers Élisabeth pendant que je renfile ma chaussure.

— Comment je suis? demande-t-elle.

— Ça fera l'affaire, dis-je.

Au même instant, la porte s'ouvre et un jeune type apparaît dans l'encadrement.

— Qui est là?..., fait-il sur un ton méfiant. (Puis il tourne la tête et nous découvre :) Ah, vous êtes là!... Je commençais à flipper...

On entre. Les filles s'assoient devant une table basse. Je reste debout, le dos au mur, les mains enfoncées dans les poches. Le gars est un peu nerveux. Il nous demande si ça va ou s'il doit monter le chauffage. Je sors mon tabac et je me roule une cigarette.

Monique ouvre son sac et en tire de l'argent qu'elle dépose sur la table.

— Bien! déclare-t-elle. Francis, je veux que tu notes que je paye ce garçon.

— C'est noté.

Elle se lève et se débarrasse de son manteau.

— Je veux également que tu saches que je ne le connais pas, qu'il n'est pas spécialement mon type et que nous utiliserons des préservatifs. La porte de la chambre restera entrouverte afin qu'on ne m'accuse pas de rechercher plus d'intimité qu'il n'en faut. (Elle regarde sa montre.) Bon, il est huit heures et demie. Je pense qu'à neuf heures, au plus tard, tout sera réglé.

Elle se penche pour embrasser Élisabeth. Puis elle me jette un coup d'œil avant de passer dans la chambre.

— Souhaite-moi bonne chance, me dit-elle.

Je ne peux pas, c'est plus fort que moi.

Le jeune gars la suit.

— Y'a la télé, si vous voulez..., nous propose-t-il.

— On regarde jamais la télé, répliqué-je.

Il disparaît et je vais m'installer à la place de Monique.

— Allons, essaye de te détendre, me suggère Élisabeth. J'ai apporté quelques magazines, si tu veux.

— Non, peut-être un peu plus tard. Tu n'aurais pas des boules Quies, par hasard ?

Elle allume une cigarette. Je lui en prends une.

— Reconnais que c'est pas comme si elle le trompait vraiment...

— J'en reviens pas d'être assis là... C'est une espèce de cauchemar. Comment j'ai pu vous écouter ?...

— Tu sais bien qu'elle en devenait folle!...
Ça ne pouvait plus durer comme ça. Je le sais,
tu le sais, et Ralph aussi le sait. Elle avait besoin
d'en avoir le cœur net et j'aurais agi comme
elle, tu peux en être sûr... Et puis, elle aurait pu
s'y prendre en cachette et ce n'est pas le cas.
Elle tenait à ce que nous soyons là pour qu'il
n'y ait pas d'équivoque. Eh bien, il n'y en a pas,
en ce qui me concerne. J'estime qu'elle a pris
toutes les précautions possibles. À tel point,
d'ailleurs, que je ne donne pas cher du résultat.
Je connais peu de filles qui pourraient avoir un
orgasme dans ces conditions.

On entend des bruits, en provenance d'à
côté.

— T'es sûre de ce que tu dis? ricané-je.
T'appelles ça des soupirs à fendre l'âme?!...

Elle baisse les yeux sur son sac et s'empare
d'un magazine. Je regarde ma montre.

— Pourquoi elle s'est pas contentée de ses
séances avec Juliette?! Je suis sûr qu'elles
étaient sur la bonne voie... Mais ça, bien
entendu, il faut un peu de patience!... Ça tombe
pas tout cuit, c'est pas la *facilité*, ça je suis bien
d'accord!...

Elle lève un œil sur moi.

— Au risque de te décevoir, me dit-elle, je
t'annonce que Juliette est tout à fait favorable à
cette expérience. Et j'irai même plus loin : elle
la lui a conseillée. Mais enfin, qu'est-ce que tu
crois?!... Que c'est un exercice différent d'un

autre quand on n'y met aucun sentiment?...
C'est si difficile à comprendre qu'elle le fait
aussi pour Ralph?... Qu'il lui faut peut-être un
certain courage?!...

— J'allais le dire.

Je quitte mon fauteuil d'un coup de reins et
vais respirer un peu d'air frais sur le pas de la
porte. J'ai eu une journée fatigante aujourd'hui.
Je ne demande qu'à aller me coucher. On aperçoit au loin l'embouchure de la Sainte-Bob et
l'avancée de ses eaux dans l'océan. Ou tout au
moins m'étendre.

Élisabeth a froid. Je rentre et m'arrête au
milieu de la pièce, l'oreille dressée en direction
de la chambre. Je n'entends plus rien.

— Tu crois qu'ils ont fini?

— Je ne sais pas.

— Attends voir... Ah non, ça recommence!...

— Écoute, tu devrais revenir t'asseoir et penser à autre chose.

À peine ai-je suivi son conseil que Monique
sort de la chambre, enroulée dans une ser-
viette-éponge. Je saisis les accoudoirs, prêt à
me lever.

— Alors, c'est bon? On y va?

Sans me porter la moindre attention, elle
s'accroupit et fouille dans son sac. Elle a les
joues roses et sa coiffure est en désordre.

— Faut que je fume, déclare-t-elle. J'ai besoin
de me détendre.

— Dis donc... *T'es sérieuse!?...*

134

Je croise le regard d'Élisabeth qui me fait signe de ne pas intervenir, mais je l'ignore.

— Tu vas quand même pas fumer un joint avec ce type?!... T'as vu l'heure?!...

Elle l'allume devant moi, me sourit et murmure :

— Tu pourrais pas être un peu plus gentil?...

Puis elle y retourne.

— Je croyais qu'on devait pas fermer la porte!... lui lancé-je.

Elle la rouvre.

— Tu vois, exposé-je tranquillement à Élisabeth, eh bien là, elle a franchi la ligne... C'est aussi simple que ça. Nous étions des observateurs, maintenant nous sommes des complices. Peut-être que tu vois pas la différence, mais moi je la vois. (Je saisis une revue sur la table et l'ouvre au hasard.) Sois tranquille, Ralph nous le pardonnera jamais.

— Ne dramatise pas tout, soupire-t-elle en survolant à son tour les pages d'un magazine. On est pas tenus d'examiner ses moindres gestes à la loupe...

— Tu dis ça parce que ça t'arrange.

— Je dis ça parce que je suis une adulte, répond-elle sans lever les yeux et sur un ton léger. J'ai appris que dans certaines situations, on ne devait pas s'attarder sur les détails. Je n'ai plus l'âge de passer des heures entières à couper les cheveux en quatre. Monique avait besoin d'avoir une expérience sexuelle, nous sommes bien d'accord. Alors, qu'elle l'ait et qu'on n'en parle plus! Toi et moi, nous savons ce qui se passe à côté, il me semble…

Je me roule une cigarette et je ne dis plus rien. Le temps passe. Quelquefois, lorsque nous entendons un gémissement plus fort que l'autre ou quoi que ce soit sortant de l'ordinaire, Élisabeth me glisse un rapide coup d'œil, mais je ne bronche pas. J'en supporte même bien davantage que je ne m'en serais cru capable.

Quand enfin elle se décide à regarder sa montre, je lui dis : «Oui, il est neuf heures et demie. Mais soyons pas mesquins…»

Elle se lève. Moi aussi. Et comme j'ai autre chose à faire qu'à tourner en rond jusqu'à l'été, je m'autorise à pousser la porte de la chambre.

Sur le chemin du retour, je tends une main devant moi et je vois que j'en tremble encore. Tandis que nous redescendons vers la Sainte-Bob, le vent ronfle au-dehors et la route se couvre de sable.

— Qu'est-ce que tu vas faire? demande Monique sur un ton crâneur. Tu vas me dénoncer?…

Je me tourne lentement vers elle, mais elle est en train de s'inspecter dans un petit miroir, de s'arranger quelques mèches.

Élisabeth allume la radio. Je l'éteins aussitôt.

Monique se penche en avant.

— Je te signale que c'est lui qui me l'a demandé! déclare-t-elle.

136

— Bon Dieu, j'en crois encore pas mes yeux!..., sifflé-je entre mes dents.

Élisabeth pianote du bout des ongles sur le volant.

— Si tu nous disais plutôt comment ça s'est passé? l'interroge-t-elle.

— Toi, change pas de conversation, l'arrêté-je. (Puis je m'adresse à Monique en imitant ses paroles sur un ton gnangnan :) *C'est lui qui me l'a demandé!...* Non mais, tu te fous du monde?!...

— Et alors quoi? C'est la vérité!...

Élisabeth me donne quelques tapes dans le dos, parce que je m'en étrangle.

— Tu sais quoi?..., ricane Monique. Tu aurais dû me dresser une liste de ce que je pouvais faire et de ce que je pouvais pas faire...

Je me roule une cigarette aussi grosse que mon petit doigt. J'examine la nuit terrible qui nous entoure en plissant les yeux.

— T'aurais pu avoir la décence de me laisser en dehors de ça! grimacé-je. J'en reviens pas que tu m'aies joué un tour pareil!...

— Oh la la!... Si j'avais su que t'en ferais une telle histoire!...

Je ricane à l'attention d'Élisabeth :

— Non, mais tu l'entends?!...

— Tu veux que je te dise?..., me fait Monique sur un ton contrarié. Je pensais que tu avais les nerfs un peu plus solides.

Nous la déposons devant chez elle sans avoir

échangé une parole de plus. Je la salue vaguement lorsqu'elle descend de voiture.

— C'est gai, marmonne-t-elle. On dirait que j'ai la gale !

— Ne claque pas la portière, fais-je en regardant ailleurs. Tu vas réveiller mon père.

Je m'installe au volant puis exécute un demi-tour pendant qu'elles discutent un bref instant sur le trottoir. Je me penche pour ouvrir et invite Élisabeth à monter.

On tombe en panne d'essence à un kilomètre de la maison. On se rend compte que l'aiguille de la jauge est bloquée.

— Parfait ! J'avais besoin de prendre l'air..., dis-je.

J'attrape mon père. Il ouvre un œil et se rendort contre ma poitrine. Élisabeth me donne le bras. C'est une longue rue déserte, que le clair de lune rendrait presque accueillante.

— Tu es fâché ? demande-t-elle.

— Contre qui ? Contre toi ?...

On s'arrête pour qu'elle arrange la couverture sur les épaules de mon père. Nos regards se croisent avant que nous ne nous remettions en route.

— Elle est embêtée, me glisse-t-elle.

— Elle avait pas l'air embêtée tout à l'heure...
On aurait dit qu'elle tétait sa mère !... Écoute, tu l'aurais vue à genoux devant ce type, tu serais pas en train de la défendre.

C'est une nuit de février, à l'air vif et rare,

aux images très nettes. Je sens encore cette odeur d'océan poussiéreux qui traînait dans le bungalow.

— C'est parce qu'elle était contente.

— Je veux pas le savoir. On va pouvoir regarder Ralph en face, après ça?!...

— Bien sûr que oui... Ralph n'a rien à voir là-dedans...

Je m'arrête pour rigoler un bon coup. Puis je repars.

— On est quand même sacrément différents! déclaré-je. On voit pas les choses de la même façon que vous autres, tu crois pas? Ça m'étonne pas que ça soit toujours aussi compliqué. Si on n'arrive pas à se mettre d'accord sur un truc aussi simple, qu'est-ce que tu veux que je te dise?

On marche côte à côte. Une chose que j'apprécie chez Élisabeth, c'est que nous marchons du même pas. Ça m'avait frappé lorsque nous nous étions rencontrés. J'avais donné à ce détail une certaine importance.

— Et toi et moi, c'est plus maintenant qu'on va changer, continué-je.

— C'est pas une question de changer. C'est une question de laisser chacun respirer.

— Ouais? Ben c'est pas facile. Et après ce que j'ai vu ce soir, je crois un peu que c'est la porte ouverte à tout. Essaye pas de me faire avaler n'importe quoi.

On termine le trajet en silence. On monte. Je

vais coucher mon père et on se retrouve dans la chambre. Je commence à me déshabiller tandis qu'elle entre dans la salle de bains.

— Ralph a confiance en moi. Est-ce que ça, c'est dur à comprendre?

Elle est en train de se brosser les cheveux devant la glace. J'attends la réponse. Elle continue de se regarder et finit par lâcher d'une voix tranquille :

— D'abord, qu'est-ce qui te fait croire que Ralph a confiance en toi?

Je vais ranger mes chaussures sur le pas de la porte et reviens m'asseoir sur le lit.

— Comment t'expliquer ça? feins-je de réfléchir. Disons que c'est la base d'une véritable amitié.

Je la vois sourire toute seule. Puis elle m'envoie un coup d'œil dans le miroir :

— Et si c'était toi que Monique avait choisi pour faire son expérience?

— Je savais que tu pourrais pas te retenir de me poser la question.

— Bon, mais admettons que tu aies dit oui. Est-ce que Ralph ne serait plus ton ami? Et est-ce que tu crois qu'il me résisterait longtemps si j'insistais? Je vais te dire une chose : une femme ne fait jamais confiance à une autre. Et ça n'empêche rien.

— Au moins, comme ça, elles sont pas déçues.

— Au moins, elles se racontent pas de salades.

140

Je vais m'asseoir sur le bord de la baignoire en attendant mon tour. S'il y avait de la place, il y a longtemps que j'aurais installé un double lavabo avec un grand miroir. Lorsque nous avons découvert la salle de bains de Victor et Juliette, et je ne parle que de celle attenante à leur chambre, ça nous a flanqué le bourdon pendant trois jours.

Elle se déplace un peu et nous pouvons nous inspecter tous les deux, moi par-dessus son épaule.

— Tu sais, me déclare-t-elle froidement, je te connais mieux que tu ne te connais toi-même.

Je la regarde et choisis de me brosser les dents.

— T'es pas quelqu'un qui peut avoir de vrais amis, continue-t-elle. C'est pas dans ton tempérament. Tu fais semblant, ni plus ni moins... Je dis pas ça pour t'embêter.

Je lui décoche un coup d'œil impénétrable tout en ralentissant la manœuvre, comme si mon dentifrice prenait un goût bizarre. Elle envoie une giclée de lotion rose sur une rondelle de coton.

— D'ailleurs, poursuit-elle, c'est ce qui m'a attiré chez toi. Y'a qu'avec les hommes solitaires qu'on peut vraiment avoir une histoire. Enfin... disons qu'on a une chance avec vous. Excuse-moi d'être grossière, mais nous voir simplement comme un cul posé sur des jambes, ça va bien pour les autres. Ça va pas pour vous. Sinon, qu'est-ce qui vous resterait?

Je suis en train de me faire saigner les gencives et ma bouche est gonflée de mousse mais c'est un mal nécessaire pour obtenir une bonne hygiène. J'ai mis fin quelquefois, dans une situation semblable, à des discussions dont je ne voyais pas le moindre bout, vu que nous sommes en slip tous les deux et que je suis bien placé pour la prendre par-derrière. J'ai même tué de vraies engueulades dans l'œuf, lui coupant net la parole en lui glissant sans prévenir mon serpent entre les jambes. Mais je ne l'ai jamais fait avec du dentifrice plein la bouche.

Elle m'interroge vaguement du regard. Je prends l'air de celui sur qui toutes ces âneries sont tombées comme dans l'oreille d'un sourd. Puis je lui fais signe de s'écarter afin que je puisse utiliser le lavabo. Elle s'assoit sur le bord de la baignoire et continue de se démaquiller pendant que je m'asperge la figure d'eau glacée.

Ensuite, on échange nos places et je grimpe dans la baignoire pour me laver les pieds. Elle se met de la crème sur le visage.

— Tu sais, pour en revenir à Monique, il semblerait que ce soit avec Ralph qu'elle n'y arrive plus.

— Je crois pas qu'elle fasse beaucoup d'efforts.

— Ne dis pas ça. C'est pas juste. Peut-être que ça n'allait pas très bien, je suis d'accord...

142

Mais depuis qu'il a Antilope, Ralph n'est plus le même, tu le sais aussi bien que moi. Rien d'autre ne l'intéresse. Elle a beau se mettre en frais pour lui, acheter les dernières nouveautés, il n'est même plus fichu de le remarquer. La pauvre, elle porterait des culottes de grand-mère qu'il n'y verrait que du feu.

Je m'occupe de ma toilette intime tandis qu'elle se lave sous les bras.

— En attendant, déclaré-je, ça marche avec le premier venu.

— Je sais bien... Mais il n'y a pas d'explication à ça. C'est tellement bizarre. Tu le croiras si tu veux mais la première fois que j'ai eu du plaisir, c'était avec un garçon qui ne m'attirait pas du tout... Je t'assure, on le trouvait même un peu idiot.

— Alors comment que ça se fait que vous ayez pu baiser ensemble?

— Bah, peu importe... Je voulais simplement dire qu'il est impossible de savoir ces choses à l'avance et que le premier venu peut être le bon.

Je remonte mon slip pendant qu'elle descend le sien et on échange nos places une nouvelle fois. Je lave mes chaussettes.

— Ça ne va pas être facile, reprend-elle. On ne se prépare pas des lendemains qui chantent.

— Fallait y réfléchir avant de se précipiter. Fallait réfléchir aux conséquences. Elle savait pertinemment que la barque allait tanguer si le coup réussissait.

— D'un autre côté, elle est tellement attachée à Ralph...

— Dans ce cas, elle suçait pas le bon, tout à l'heure.

J'essore mes chaussettes et les installe sur le radiateur. Elle sort de la baignoire. Je soulève le couvercle du panier à linge. Elle y jette sa culotte. Je referme et m'assois dessus pour me tailler les ongles des pieds.

— Qu'est-ce qu'on peut faire, à ton avis? demande-t-elle.

— Pas grand-chose.

Elle ôte son soutien-gorge et saisit son flacon de lait pour le corps.

— Pas grand-chose, c'est pas beaucoup. Je croyais que Ralph était ton ami.

— J'ai pas le pouvoir d'empêcher les catastrophes. Maintenant, je sais pas si Monique est du genre à le plaquer. Regarde Nicole, elle rentre à la maison tous les soirs...

— Oui, mais Nicole c'est différent. Elle s'amuse.

— Alors prends Victor et Juliette.

— Eux, ils se sont mis d'accord. Et ce genre d'arrangement, Monique et Ralph n'en sont pas capables, j'en ai bien peur.

— C'est pas dit. Ralph gagne bien sa vie et Monique n'est pas folle. Il a besoin de temps pour s'occuper d'Antilope. Ils sont pas obligés de mettre tout ça au clair.

À présent, elle attaque une jambe, un pied

144

posé sur le lavabo. Il y a un léger parfum d'amande dans l'air qui a nettement tiédi. Le carreau du vasistas est couvert de buée. Le soir, la mère de Patrick s'enfermait dans la salle de bains et les quelques femmes que j'ai connues par la suite n'aimaient pas trop non plus m'avoir dans les jambes quand elles faisaient leur toilette. Lorsque j'ai raconté ça à Élisabeth, qui est la première femme que j'ai vue pisser sous mon nez — et je m'en souviens, ça s'est passé la première fois que nous avons couché ensemble dans un petit hôtel du centre, dans un bac à douche émaillé blanc qu'elle a éclaboussé d'un jet lumineux avant de faire couler l'eau —, elle m'a demandé : «Qu'est-ce qu'elles avaient ? Elles étaient difformes ?»

— Dis donc, l'interrogé-je, t'étais au courant que Monique se rasait la chatte ?

— Oui, ce n'est pas très vieux. Tu sais, on ne peut pas lui reprocher d'être restée sans rien faire dans cette histoire… Qu'est-ce que tu en dis ? Enfin, ça demande un drôle d'entretien. Je ne sais pas si j'aurais le courage.

— Tu imagines ces champions de natation qui se rasent la poitrine et les jambes ?

— Oui, remarque, tu as raison.

— Je me suis rasé le crâne, le jour où j'ai appris que ma femme avait un amant. C'était un drôle de boulot.

— Tu dis ça pour que je le fasse ?

— Non, j'y pense pas spécialement.

Ça m'a juste effleuré parce qu'elle se masse l'intérieur des cuisses pour aider le lait à pénétrer. Je ne sais pas comment elle s'y prend mais quand elle ramène ses mains d'entre ses jambes, ses muscles se tendent et son clitoris apparaît avant de retourner dans sa boîte. Une fois, j'ai tiré le panier à linge et je me suis installé devant elle, à vingt centimètres, pour voir ça de plus près. Puis je lui ai tenu un miroir parce qu'elle râlait et qu'elle voulait savoir comment c'était de mon point de vue.

— Alors à quoi tu penses ? me demande-t-elle en s'arrosant les seins d'un coup de lait supplémentaire.

— Je pense à rien. Je te regarde.

Elle se jette un coup d'œil furtif dans la glace. Elle s'imagine que j'inspecte la marchandise, ce qui n'est pas le cas. Je l'observe sans convoitise, sans vraiment regarder son corps mais plutôt la personne qui est à l'intérieur. Depuis que sa vue baisse, il faut pas trop la bousculer. Elle se met à se frictionner les seins avec un air un peu méfiant. Je finis par lui déclarer :

— N'empêche que c'était un coup bien organisé. Vous êtes quand même des fortiches, toutes les deux.

— Tu sais, ça n'avait rien de compliqué.

— Est-ce que le gardien est payé pour fermer sa gueule ?

Je me coupe un ongle puis relève la tête avec un sourire innocent. Ses deux nichons luisants

146

sont braqués vers moi. Les bouts sont raides comme des saucisses de Francfort. Comme elle ne répond rien, j'ajoute :

— Christine envoyait Patrick au cinéma et elle payait le concierge. Je me suis aperçu de rien pendant plus d'un an. Tu te rends compte ?

Je suis assis et elle me considère de toute sa hauteur avant de détourner les yeux. Puis, au moment de sortir, elle attrape une serviette et me la jette en pleine figure.

Je revois Monique deux jours plus tard, entre midi et deux. Je suis dehors, en train de nettoyer des pinceaux pendant que mon père passe le jet d'eau sur la dalle de ciment qui descend vers la Sainte-Bob. Il fait beau et froid. Je lui ai mis un ciré et des bottes.

— Je venais voir si t'étais toujours de mauvais poil, me dit-elle.

— Tu m'as fichu un coup que je suis pas près d'oublier.

— Bon, alors je m'excuse.

Je rigole tout seul. Elle hausse les épaules :

— Qu'est-ce que tu veux que je te dise d'autre ?

On regarde mon père qui s'occupe d'arroser ses bottes avec application.

— J'ai eu tort de me poser une question, reprend-elle. J'ai eu tort de me demander ce que je faisais de mal.

— C'est le même problème pour le type qui s'apprête à balancer un pavé dans une vitrine.

— Tu sais ce qu'on croit, Élisabeth et moi ? C'est que si tu avais été à la place de l'autre, tu serais pas venu pinailler sur la fin.

— Bon Dieu, vous avez de ces discussions !...

— Le problème n'est pas là. C'est juste pour te montrer que t'es pas tellement objectif dans cette affaire, reconnais-le.

Je me lève pour aller couper l'eau du robinet avant qu'il ne soit trempé des pieds à la tête et je lui donne une cigarette. Je lui dis de venir s'asseoir ou de rester dans le coin.

— On doit s'aider, déclare-t-elle sur un ton convaincu. On doit pas se tirer dans les pattes. On doit s'aider les uns les autres, t'es pas d'accord ? Tu crois pas que c'est assez dur comme ça ?

J'ai faim. On décide de manger ensemble. Dès qu'il me voit sortir nos provisions, mon père arrive aussitôt. Il appelle Monique « ma jolie ». Il s'est mis dans la tête qu'elle était la femme de Marc et cette fois il lui dit : « Ça fait longtemps que je l'ai pas vu, l'animal. On s'aime bien. »

Je l'installe derrière nous, contre la façade ensoleillée, et vais chercher son gratin dans le micro-ondes pendant que Monique nous ramène des bières de la voiture.

On partage mes sandwiches, assis sur un skiff retourné. Elle observe mon père un instant,

148

penché le nez sur son plat comme s'il était myope. Elle secoue la tête :

— Franchement, je pourrais pas !...

Je bois ma bière en plissant des yeux sur les reflets de la Sainte-Bob.

— T'as pas peur qu'Élisabeth finisse par craquer ? insiste-t-elle.

— Ça va bien. Je me tape tout le boulot.

— Écoute, méfie-toi quand même. Peut-être que tu prends pas bien la mesure de la situation. Peut-être que tu vois pas la différence d'un jour à l'autre, mais ça s'accumule.

— On va tenir bon, t'inquiète pas. (Je fais un geste par-dessus la Sainte-Bob, avec mon sandwich à la main :) Crois-moi, on finit par s'habituer à tout... Tu crois que je suis content d'être là ? Tu crois que j'imaginais ça ? Eh ben j'y suis quand même et tu m'entends pas gémir du matin au soir... Au moins, tant que je m'occupe de lui, je sers à quelque chose.

— Enfin... moi je trouve que tu joues gros.

Je mords dans mon sandwich et elle m'imite. Par moments, le gargouillis de l'eau sous l'appontement ressemble au roucoulement d'un oiseau. Je me lève pour donner un peu de vin à mon père.

— Est-ce que tu sais, dis-je à Monique, qu'un type soutenait le ciel entier sur ses épaules ?

Elle enfonce ses mains dans ses poches et sourit en fermant les yeux, renverse la tête vers le ciel, étend ses jambes devant elle. C'est une de ces journées où l'on a le printemps sur la figure et l'hiver dans la nuque. Je sers mon père, nettoie un peu sa place puis reviens m'asseoir à ses côtés.

— J'ai une de ces trouilles!..., me dit-elle sans bouger. La vie me fait tellement peur tout d'un coup, tu peux imaginer ça?!...

— La vie fait toujours peur quand tu réfléchis bien. Seulement on l'oublie. T'as peur de quoi, au juste?

— De tout et de rien. D'une chose et son contraire, tu vois ce que je veux dire?...

— Comment ça va se passer avec Ralph?

— Ah, j'en sais fichtre rien!...

Elle bascule en avant et se recroqueville en prenant appui sur ses genoux, comme une qui aurait mal au ventre. Elle se balance un peu puis finit par tourner la tête de mon côté.

— Alors ça t'a vraiment fait chier..., lâche-t-elle à mi-voix.

Je lève ma bière pour lui indiquer que je bois à sa santé, et que je souris à tout ce qui nous entoure :

— On est tous fabriqués de la même manière.

On regarde mon père qui descend à petits pas vers la Sainte-Bob. Il s'arrête et se met à inspecter l'horizon, une main placée en visière, l'autre sur la hanche.

— Tu vois, fais-je à Monique, même avec le cerveau en bouillie, on reste sur la brèche. On continue à chercher et à attendre. Et y'a pas toujours quelque chose qui arrive. Et ce qui arrive est pas souvent bon.

Je m'excuse de ne pas avoir de dessert à lui offrir. Elle propose de fumer un joint à la place mais je refuse car aujourd'hui, les filles viennent s'entraîner et je vais devoir courir dans tous les sens.

— Mais c'est pas que t'as pas envie de fumer avec moi, j'espère?...

Je la connais. Je sais qu'elle ne va pas me lâcher tant qu'elle ne m'aura pas entendu dire que je ne lui en veux plus, que cette histoire est oubliée. Mais ça me reste en travers de la gorge. J'ai baissé la tête pour ne pas avoir à soutenir son regard et je sens que les muscles de mon cou se raidissent pour m'empêcher de la relever. Quand tout à coup, voilà que mon père tombe à l'eau.

Monique pousse un cri et fonce avant que je ne comprenne ce qui se passe exactement. Quoi qu'il en soit, je bondis à mon tour et arrive sur ses talons au moment où, ni une ni deux, elle plonge de l'appontement et disparaît dans la Sainte-Bob.

Je les retrouve un peu plus loin. J'attrape mon père par un bras et le sors de l'eau tandis que Monique se hisse à nos côtés. «Aglagla...», murmure-t-il cependant que nous remontons au pas de course en coupant à travers la pelouse encore blanchie de givre.

Monique tremble de tous ses membres. Mon père est bleu. Je les conduis dans les douches et fais couler l'eau chaude sur mon père. Je le tiens fermement, au risque de lui démantibuler un bras ou de le noyer pour de bon, ce qu'il mérite. Il suffoque un peu sous le jet mais reprend des couleurs et la pièce s'emplit peu à peu d'un nuage de vapeur rassurant. Je glisse un œil dans la cabine de Monique. Elle commence à bouger, à se frotter les bras. Je lui demande si ça va. Elle dit : «Ah! qu'est-ce que ça fait du bien!...» Je lui dis «Bouge pas. Je vais t'apporter des serviettes, mais je m'occupe de lui d'abord...».

Je trouve une bouteille d'eau de Cologne. Je déshabille mon père. Puis je m'assois, le coince entre mes jambes et le frictionne vigoureusement à l'alcool. «Tu me fais mal!...», grogne-t-il. Je ne lui réponds pas et lui frotte le dos et la poitrine sans tenir compte de son avis, les bras et les jambes qui ont la taille d'allumettes. Ça me rappelle certaines séances avec Patrick, quand il me revenait transi et tout violacé de baignades prolongées avec ses copains.

Je lui mets un survêtement avec une capuche que je lui noue sous le menton, un pull et mon blouson pardessus, puis je l'enferme dans le petit local vitré qui me sert de bureau après avoir monté le radiateur au maximum.

Ensuite, je prends un paquet de serviettes et je vais voir où en est Monique.

Elle coupe la douche. Je lui tends une serviette.

— Je voulais te montrer que je n'étais pas
bonne qu'à une chose, me fait-elle en plaisan-
tant.

Elle s'assoit sur un banc pour délacer ses
chaussures. Je ramasse un cardigan abandonné
dans une flaque d'eau et je le tords.

— Tu sais bien que j'ai jamais pensé une
chose pareille, déclaré-je avec une grimace.

— Dis donc, ça lui arrive souvent?

Comme je vois qu'elle s'énerve avec ses
lacets, je m'assois à côté d'elle et lui propose de
se sécher pendant que je m'en occupe.

— Comment savoir ce qui lui passe par la
tête? soupiré-je. Ça va? T'as pas froid?

— Non. C'est un vrai bain de vapeur, ici.

Elle déboutonne sa chemise, ôte son soutien-
gorge et enfile un maillot du club pendant que
je suis penché sur les nœuds de ses chaussures
de sport.

— C'est qu'ils sont drôlement serrés! remar-
qué-je.

— Mon jean, ça va être l'horreur! C'est du
stretch.

Je viens à bout des nœuds. J'essore sa chemise et lui déclare que je lui rendrai ses affaires
demain, fraîchement repassées. Je vais aussi
ramasser les vêtements de mon père. Quand je
reviens, elle est en train de se tortiller pour
défaire les boutons de son pantalon.

— Va falloir que tu m'aides, me dit-elle. Je te raconte pas des blagues !

Ça a l'air sérieux. Je m'approche pour examiner le problème.

— C'est qu'il est neuf, m'explique-t-elle. En plus, les boutonnières sont trop petites.

Je pose tout mon bazar et commence par attaquer le premier bouton mais je ne peux même pas glisser un doigt entre le tissu et la peau.

— Bon, écoute, on va avoir du mal…, la préviens-je. Il va falloir que tu rentres ton ventre au maximum et que tu bloques ta respiration.

— Je te ferai remarquer que je n'ai pas de ventre.

— Alors j'en sais rien. Fais au mieux.

On s'y remet. Elle crie. Je l'ai pincée, paraît-il. Puis, il faut qu'elle respire. Je me demande tout haut si j'ai une paire de tenailles ou si je ne vais pas sortir mon couteau. Elle m'annonce le prix du pantalon. Je me tords un doigt. Je lui fais mal.

On observe un espace de quatre bons centimètres entre les deux bords du pantalon une fois que le bouton a sauté.

— Mais enfin, t'as vu ça ?!…, m'écrié-je. T'es pas malade de mettre des trucs aussi serrés ?!

Elle hausse les épaules :

— C'est parce que c'est mouillé… D'abord c'est une taille unique.

— Taille unique…, grogné-je. Tu crois pas qu'ils se foutent du monde ?!…

Je la regarde s'escrimer sur les boutons suivants et j'ai mon opinion là-dessus, mais je ne peux pas oublier qu'elle vient de sauver mon père.

— Ah, tu me fais pitié! ricané-je. Allez, pousse-toi de là.

On s'en prend une suée l'un et l'autre, mais je finis par ouvrir sa braguette jusqu'en bas. Seulement, je vois bien que nous ne sommes pas au bout de nos peines.

— Mais sacré nom! dis-je. Comment t'as fait pour entrer là-dedans?!...

Elle tire dessus mais on croirait qu'elle est en train de s'arracher la peau. À côté, une tenue d'homme-grenouille lui tomberait aussitôt sur les chevilles.

— Bon! Mais si tu m'aidais!..., marmonne-t-elle en gesticulant.

J'y suis bien obligé. J'attrape donc les côtés pendant qu'elle s'occupe de l'arrière, et nous voilà en train de nous bagarrer avec son pantalon en stretch qui résiste centimètre après centimètre jusqu'au moment où je dois me rendre à l'évidence. Je marque alors une pause pour lui déclarer :

— Écoute, ça me gêne que tu portes pas de culotte.

— Ben ça, j'y peux rien!..., me répond-elle sans pour autant baisser les bras. J'en aurais mis une si j'avais su que j'allais sauter à l'eau pour repêcher ton père. Mais je pouvais pas prévoir.

155

— Non, bien sûr…

— Alors, je sais pas… tu n'as qu'à imaginer que j'ai eu un accident de voiture… Tu te poserais pas de questions, j'imagine. Allez, sois pas bête, je vais attraper la mort si je l'enlève pas !

Je la regarde, j'hésite encore une seconde, puis j'y retourne.

— On peut rien mettre là-dessous, m'explique-t-elle en se dandinant. Ça fait des marques affreuses.

— Je vois pas quel genre d'accident tu pourrais avoir pour qu'on en arrive là.

— Oh… eh bien j'ai quitté la route et j'ai dévalé dans un étang.

Je baisse la tête avant d'en avoir trop vu.

On a encore un moment difficile, mais une fois que le plus gros est passé, on respire.

«Ça va aller» m'assure-t-elle, le pantalon baissé à mi-cuisse. Elle s'assoit pour terminer la besogne pendant que je récupère leurs affaires. Puis je l'observe une seconde et ça n'a pas l'air d'être la fin de l'histoire. Elle s'énerve. Je crois qu'on est encore là pour un bon moment.

Je repose le tout et m'assois à califourchon sur le banc. Je la fais pivoter et lui attrape un pied pour essayer de dégager son talon.

— Quand j'étais jeune, lui dis-je, à l'époque des premiers blue-jeans, on se baignait avec et on les laissait sécher sur nous pour qu'ils prennent une bonne forme. On allait se tremper cinq ou six fois dans la journée, on les frottait avec du sable… (Je suis en train d'en baver des ronds de chapeau avec son pied mais je garde le sourire.) Et un jour, je sais pas pourquoi, y'en a un qui a tellement rétréci…

La voilà qui prend un coup de sang, tout à coup, et qui fait ce qu'il ne fallait pas faire. À savoir : tirer sur le pantalon et le retourner comme un gant.

— C'est intelligent, déclaré-je. Maintenant on est bien avancés.

— Aaaah !… Mais j'en ai plein le dos de ce machin ! râle-t-elle en s'agitant.

Elle essaie de l'arracher de force mais jamais elle n'arrivera ainsi à sortir ses chevilles, c'est stupide. Elle peut continuer à tirer dessus dans tous les sens, gémir, grincer des dents, tendre ou replier les jambes, je tiens tous les paris qu'elle veut.

Enfin, qu'elle se remue d'une manière ou d'une autre, je ne peux pas m'arranger autrement que d'avoir sa fente sous le nez. Et ni en coup de vent, ni dans l'ombre, ni de l'autre bout de la pièce. Mais comme sur un plateau, tout à fait nette et ouverte, à vous couper le souffle. Une scène sidérante, disons un éclair suspendu dans un ciel d'été. Par moments, son vagin est un trou noir, de la taille d'une pièce de monnaie, aussi luisant qu'un nid d'escargot. J'en éprouve tout d'abord un frisson, puis je me détends et tâche de profiter du spectacle. Je sais qu'il y a peu de chances pour que ça se représente de sitôt. Je garde mon sang-froid et je ne bouge plus d'un poil. Et me mets à considérer sa grosse fraise joufflue d'un œil tranquille, les bras croisés sur la poitrine.

J'en oublie Monique, en pleines contorsions sur le banc, aux prises avec sa taille unique et fumant comme un volcan au bord de l'éruption. Elle va se fatiguer avant moi.

Elle ne répond même pas quand je lui murmure sans lever les yeux qu'elle s'y prend mal. Elle est rasée de si près qu'on croirait de la porcelaine, des joues de bébé qu'on aimerait pincer en disant : « Comment ça va, mon petit bonhomme ?... » Une fois, j'ai payé une fille qui m'a joué un air d'harmonica en tenant l'instrument coincé entre ses jambes, mais j'étais jeune et ces histoires ne m'amusent plus beaucoup. D'ailleurs à l'époque, je n'aurais pas tenu en place, tandis qu'aujourd'hui, je peux me concentrer et respirer profondément jusqu'à trouver l'odeur de sa chatte et m'y tenir. Comme je peux entendre ses lèvres se décoller lorsqu'elle écarte les jambes, même si je n'irais pas le jurer, ce bruit de baiser humide, presque inaudible. Je n'ai même pas besoin de la toucher. « Qu'il est mignon, ce bonhomme, tout baveux et tout rouge... On dirait bien qu'il fait ses dents ou quoi ?... »

Soudain, elle s'immobilise. Je ne sais pas ce qu'elle fabrique et je m'en moque car sa pause intervient dans le bon axe et ce serait un trou vraiment facile pour le plus mauvais joueur de golf qu'on puisse imaginer. J'en profite pour m'essuyer les mains sur les cuisses lorsqu'elle me déclare d'un ton suspicieux :

— Mais qu'est-ce que tu fais, Francis ?... T'es en train de te rincer l'œil ?...

Sur le coup, je ne sais même pas qui m'adresse la parole.

— Oui ?... Quoi ?...

Montre en main, le spectacle n'a duré qu'une minute ou deux. Mais j'éprouve le besoin de m'étirer, comme si un fakir venait de m'hypnotiser. Je lui souris alors qu'elle se redresse et pose ses pieds sur le sol en me fixant d'un air perplexe.

On ne trouve rien à se dire. On se penche de nouveau sur le problème du pantalon qui emprisonne toujours ses chevilles et n'est qu'un tas de chiffon sombre à ses pieds. Elle pense qu'il faut l'ouvrir en suivant la couture, ou sinon le déchirer, mais elle veut bien me laisser essayer encore une fois.

Ce coup-ci, elle tire sur son maillot et garde les genoux serrés.

— Tu crois peut-être que je l'ai fait exprès ? me demande-t-elle pendant que je m'emploie à la sortir de là.

— Bah, qu'est-ce que ça peut bien faire ?...

Je parviens à glisser mes pouces dans l'ourlet et commence à lui dégager le talon.

— Parfois, je sais pas ce qui me prend,

avoue-t-elle. Je me conduis comme une vraie salope.

— Sois tranquille. Y'a des numéros pires que ça.

— Non, je veux dire par rapport à Élisabeth... Tu te rends compte de quoi je suis capable ?!...

— On est tous capables du bien comme du mal. Ça dépend des circonstances. C'est comme ça : y'a pas les saints d'un côté et les ordures de l'autre. Ça dépend dans quel état d'esprit on est.

Et hop ! je lui libère une jambe. On pousse un soupir de satisfaction, puis elle me tend l'autre.

— Ce qui est terrible, dit-elle, c'est qu'il y a encore plus de plaisir à faire des trucs moches.

Je hausse les épaules :

— C'est pas ça, un truc moche. C'est pas ça qui va t'envoyer en enfer.

Moins d'une minute après son départ, c'est au tour de Ralph de rappliquer. Je repose mes pinceaux et le regarde descendre de sa moto. Il enlève son casque et ses lunettes, sourit alentour et me dit :

— C'est pas Monique que je viens de voir filer ?

Je lui demande :

— Tu l'espionnes ?

Il s'assoit au même endroit que Monique avant qu'elle ne saute à l'eau. Quant à moi, je reprends la même place.

160

— Je sais pas au juste, me répond-il. Je peux pas dire que je la surveille, mais je peux pas dire que je la surveille pas.

— C'est bien de garder un œil ouvert.

— Qu'est-ce qu'elle voulait?

— Elle se fait du souci pour Élisabeth. À cause de mon père.

— J'arrête pas de lui dire que c'est pas ses oignons.

— C'est pas grave. Ça me fait de la compagnie.

Il jette un caillou dans la rivière mais ne l'atteint pas. Il se met un brin d'herbe dans la bouche.

— Comment ça se fait qu'elle est sortie en survêtement de là-dedans?

— Mon père a failli se noyer. C'est elle qui l'a repêché.

— Ouais, c'est une bonne nageuse.

Il se penche pour en ramasser un autre et le balance sans plus de succès.

— Je la trouve drôle, depuis quelques jours. Je sens qu'il s'est passé un truc.

— Ah bon?

Il me fixe en hochant la tête :

— Elle a oublié qu'elle vivait avec un flic, dit-il en se touchant le nez.

Je me roule une cigarette.

— Merde! reprend-il. Vous êtes quand même restés un bon moment là-dedans, tu vas pas me dire le contraire!...

— Fallait venir voir. C'était pas fermé à clé.
Il se frotte le menton.
— Bon Dieu! Allez, fais-moi sentir tes
mains, je rigole pas!...
— Ça prouve rien. J'aurais pu me les laver.
— Écoute, fais pas le con. Fais ce que je te
demande.
Je le dévisage une seconde, puis je lui pré-
sente mes mains. Il connaît son boulot : il me
les renifle jusque sous les ongles, jusqu'entre les
doigts. Je n'aimerais pas être à sa place. Il ter-
mine son inspection et me dit :
— Fous-moi ton poing dans la gueule.
— Ça servirait à rien.

Tout le monde me répète : « Ton père va finir
par la rendre dingue. » Quand la journée est ter-
minée, je rentre à fond de train et je m'active
pour le laver ou le faire manger avant qu'elle
n'arrive. Mais je n'ai que deux bras et deux
jambes, et moi aussi je suis fatigué. C'est moi
qui l'ai sur le dos du matin au soir et franchement, je me dépense deux fois plus qu'avant,
même si je ne fournis plus beaucoup d'efforts
physiques.
Parfois, au moment de lui donner son bain,
je m'endors à moitié car c'est le seul moment
où je peux souffler pendant qu'il s'amuse avec
les éponges et la boîte à savon. Je retrousse mes
manches et reste agenouillé devant la baignoire,
les bras dans l'eau, le regard fixe et l'esprit

ailleurs, assommé. Ou bien je parle tout seul et il me répond ce qui lui passe par la tête.

Je lui fais :

— Tu sais, t'as intérêt à prier pour qu'elle se mette pas en pétard, moi je te le dis !… C'est pas une mauvaise fille, tu la connais, mais on lui rend pas la vie facile… Et je crois qu'on tient aux gens *jusqu'à un certain point*, faut pas se faire d'illusions là-dessus. Tu vois pas qu'on se réveille un matin et qu'elle m'annonce que j'ai franchi la ligne ? Ça va finir par arriver, ils ont sûrement raison… Et qu'est-ce que je fais pour l'éviter ? Rien… Je suis là à te donner ton bain en attendant que ça me tombe sur la gueule… Je comprends même pas ce qui m'arrive.

— T'es pas un bon garçon, me dit-il.

Et quand je vais le coucher et que j'entends Élisabeth qui rentre, que je l'entends aller et venir dans les pièces pendant que je le mets en pyjama, que je le borde, que je lui donne son verre d'eau et ses pilules et que je range un peu sa chambre et ses affaires. Et que je vais la retrouver et qu'elle me jette un bref coup d'œil sans prononcer un mot… Je vois bien que je nous ai engagés sur un chemin un peu dangereux et qu'on en avait pas besoin, mais comme dirait Nicole, peut-être que c'était ça ou crever, peut-être que c'était ça ou j'étais plus rien du tout. Et c'est pas que ma vie soit plus moche aujourd'hui qu'elle l'a été autrefois. C'est que je vois les choses autrement, enfin j'en sais rien.

Au cours d'une séance, Juliette me demande :

— Dis-moi, Francis, est-ce que tu fais de la musculation?

— Tu rigoles?

J'ai toujours droit à quelques minutes de massage, une fois qu'elle en a terminé avec mes méridiens. Je ne viens même que pour ça.

— Je ne plaisante pas, m'assure-t-elle en triturant mes deltoïdes. Il y a une nette différence depuis Noël.

— Alors ça doit être à force de le trimballer, plaisanté-je en désignant mon père assis dans un coin. Quarante kilos, c'est le poids d'un sac de plâtre.

— Et tu sais, je ne sens plus aucun nœud dans ton dos... Eh bien, je crois que nous avons fait du bon travail! Pour moi, tu es tout à fait guéri.

Ses mains traînent sur mon dos encore une fois. Comme le dernier coup de chiffon d'un garagiste qui s'apprête à vous livrer une voiture neuve.

— Je le saurais, si j'étais guéri..., marmonné-je entre mes dents. Je suis bien placé pour le savoir.

— Remarque, nous pouvons continuer si tu penses que ça te fait du bien. Mais franchement, ce n'est pas nécessaire.

— Je te jure que si!

Je tombe sur Georges Azouline dans la salle d'attente. Il semble si mal en point que je me demande comment il s'y prend pour se déplacer encore par ses propres moyens. Il a déjà un pied dans la tombe. J'hésite une seconde puis me penche vers lui après avoir changé mon père de bras :

— Vous vous souvenez de moi ? murmuré-je à son oreille. Pendant dix ans de ma vie, je me suis démoli le dos pour vos beaux yeux et vous avez même pas été foutu de me tendre la main, vous avez filé un coup de pied dans ma vie sans vous préoccuper de ce que ça me faisait, *après ces dix putains d'années de boulot,* comme si j'étais le dernier des chiens ou un pestiféré et le peu que j'avais vous me l'avez enlevé, alors c'est bien qu'on se rencontre aujourd'hui parce que j'ai un truc à vous dire, écoutez bien, tendez bien l'oreille, vous allez crever de ce cancer à la con, ça fait pas un pli, ça va bientôt vous péter à la gueule et ça me fiche en rage parce que je trouve que c'est vraiment pas cher payé pour un gars de votre espèce.

Je me redresse et lui souris, le salue même d'une petite tape sur l'épaule.

— T'es pas un bon garçon, me déclare mon père tandis que je tourne les talons.

— Pourquoi tu me dis toujours ça ?

Je l'installe dans la voiture et lui redemande au moment de démarrer :

— Hein, pourquoi tu me répètes toujours ça ?!

Et un peu plus tard, pendant qu'on est en

train d'inspecter les embarcations une à une, de vérifier et d'entretenir les parties métalliques — à mon commandement, mon père leur envoie une giclée d'huile en aérosol —, je reviens à la charge :

— Qu'est-ce que tu crois ? T'as pas été un bon père... T'as surtout été un sale égoïste et tu sais pratiquement rien de moi. Alors change de disque !

— Marc est un bon garçon.

— Ah ! ah ! ricané-je. Et où il est Marc, en ce moment, tu veux me le dire ?!...

Il me fixe avec un œil sombre, comme si je venais de lui annoncer une chose désagréable :

— Où il est, Marc ?

— Ben, c'est ce que je te demande, justement ! On le voit pas beaucoup, *ton bon garçon*, à ce qu'on dirait ! (Je retourne une yole.) T'as regardé là-dessous ? Je soulève un double-scull par un bout. (Est-ce qu'il est là ?! Je laisse retomber le bateau et tout le hangar résonne.) Tu commences à me faire chier avec cette histoire, je te le garantis !

J'ai l'impression qu'il comprend quelquefois, mais je n'en suis pas sûr. À cet instant précis, il me regarde comme si une étincelle était en train de traverser son cerveau. Je lui lance :

— Quoi ?! Qu'est-ce qu'y a ?!... C'est moi qui suis là, c'est pas lui !!... Quand t'as été malade, c'est moi que t'as trouvé devant ta porte ! C'est moi qui m'occupe de toi, c'est pas ton petit chéri… Et je vais t'en annoncer une bien bonne : Marc est pédé et il veut même plus entendre parler de toi ! Alors ? Ça te coupe pas un peu la chique ? !…

Il fait la grimace :

— T'es pas un bon garçon, me sort-il à nouveau.

On se dévisage, puis je lui réponds :

— Peut-être que j'en étais pas un… Mais je me rattrape, on dirait. Tu crois pas ? On est deux à se servir de mes bras et de mes jambes, t'as pas remarqué ? … Même que tout le monde trouve que j'en fais trop.

— C'est vrai que tu en fais trop, me déclare Victor un peu plus tard.

On a sorti un deux barré mais on a bientôt été surpris par la pluie. La Sainte-Bob s'est transformée en dragon baveux, la gueule pleine de mousse, pendant qu'on rentrait en quatrième vitesse et j'ai cavalé jusqu'au hangar en portant mon père sur le dos et Victor m'a dit : «Mais combien de fois devrai-je te répéter qu'il peut marcher, et non seulement ça, mais c'est bon qu'il fasse de l'exercice ! … » J'ai vaguement hoché la tête, sans prononcer un mot.

Il n'est pas le premier à se mêler de cette histoire mais jusqu'à nouvel ordre, j'ai quand même le droit de faire ce que je veux. Quand il ajoute que c'est trop, je réponds toujours pas.

— C'est comme dans une course, reprend-il pendant que nous sommes en train de nous sécher. Si tu démarres trop fort, il y a peu de chances pour que tu la mènes au bout. Tu sais, au début, je ne croyais pas que tu serais capable de supporter cette situation. Je m'étais trompé, et je dois avouer que tu m'as épaté. Mais tu ne tiendras pas le coup, à ce rythme-là, tu ferais bien de m'écouter. Pense un peu à toi, nom d'un chien, ne te rends pas esclave !...

— Pour avoir une stratégie dans une course, faut connaître la distance.

Il jette un coup d'œil à mon père et se tourne vers moi en secouant la tête.

— Ça ne sera pas un cent mètres, me déclare-t-il.

Comme notre sortie est gâchée, on décide d'aller prendre un verre.

Paul s'assoit avec nous. Je regarde mon tas de neige par la fenêtre et je lui demande s'il a fondu d'après lui.

— Ma foi, l'autre soir, trois types étaient en train de pisser dessus.

— Enfin, la pluie, ça doit quand même pas l'arranger ?...

— Tu sais, soupire-t-il, depuis que tu me parles de ce machin-là, j'ai l'impression de plus voir autre chose et d'ailleurs, ça commence à me ficher les jetons. Ça t'ennuierait de me lâcher avec ça ?!...

— Mais tu sais que sans le vouloir, lui explique Victor, Francis a mis au point une excellente thérapie. L'important, c'est d'évacuer. Donner un coup de pied dans un tas de neige vaut mieux que d'attraper un ulcère. On ne peut que l'encourager dans cette voie, crois-en mon expérience.

— N'empêche que j'aime pas trop l'idée d'avoir le tas de ses emmerdements devant ma porte. Je trouve que c'est pas très sain. Peut-être que d'avoir ça sous ses fenêtres, ça a pas arrangé le cancer d'Azouline.

— Tu crois peut-être que j'allais me gêner pour lui flanquer le mauvais œil?!... Je vais te dire une chose : je l'avais prévenu que chaque fois qu'il passerait devant, et c'est pas une fois par jour, il serait obligé de penser à moi. Je l'ai pas pris en traître. Où t'as vu que ces types qui supprimaient des dizaines ou des milliers d'emplois l'emportaient au paradis ? Tu voudrais pas non plus qu'ils aient le bonheur et la santé, par-dessus le marché!... Fais un sale coup et tu le paieras toujours d'une manière ou d'une autre. C'est la règle.

Victor m'approuve avec une grimace :

— Tu sais que Juliette aimerait bien s'en débarrasser... Il paraît que le bonhomme est tellement chargé de mauvaises vibrations qu'elle en a des étourdissements.

Elle fait des analyses et quelques jours après, Victor m'annonce qu'elle est enceinte.

— Sauf que c'est pas de moi, ajoute-t-il.

Il me répète qu'il n'y a plus rien entre Juliette et lui, mais je sens bien que ça l'emmerde.

— Bien sûr que ça l'emmerde, me fait Élisabeth. C'est triste, mais c'est le mot exact.

On est sur la Grande Roue et on monte dans les airs. On a cinq minutes d'incroyable tranquillité car Patrick a embarqué son grand-père dans la balancelle du dessus et j'en éprouve un plaisir presque douloureux tellement j'ai peur de ne pas goûter chaque seconde de ce pur et inespéré moment de paix.

— De toute façon, soupire Élisabeth, c'est rare que ça tienne, les couples sans enfants.

Comme il fait froid, elle est blottie contre mon épaule. Je n'ai pas tellement envie de parler. On est bloqués un instant tout en haut pendant que des gens grimpent et je peux observer la Sainte-Bob qui zigzague au milieu des brumes du soir avant de remonter dans les terres et s'enfoncer dans l'horizon ténébreux. Ça donne envie de ne pas se casser le citron. Puis on redescend.

— Écoute, dis-je, on peut choisir entre regarder le bon ou le mauvais côté des choses. On fait comme on veut.

— Sauf que des fois, t'as même plus la force de choisir et t'es enseveli avant de comprendre ce qui t'arrive.

Je me dis que c'est le moment d'aller lui tirer un ours en peluche. Je le rate. Ralph s'y met et le lui décroche. On s'éloigne.

— Ça va pas avec Ralph? me demande-t-elle.

170

— Ça va très bien.

— On dirait pas. On dirait que tu l'évites, depuis un moment.

— C'est rien. Je te raconterai.

— Non, vas-y... Raconte-moi.

Je la regarde et je sens qu'elle ne va pas abandonner. Je pourrais essayer mais je n'y crois pas. Je la prends donc par le coude pour nous sortir de la cohue et l'entraîne sous une tente où sont alignés des bancs et des tables. L'endroit est noir de monde et bruyant. Je l'assois, vais chercher à boire et reviens m'installer face à elle.

Nous sommes coincés tous les deux de part et d'autre d'une toile cirée vaguement essuyée et cent conversations tournent autour de nous mais ça n'a pas l'air de la gêner et elle attend mes confidences comme si nous étions seuls.

— On est ici pour s'amuser, déclaré-je.

Elle secoue la tête et se penche vers moi :

— Je n'entends pas ce que tu dis.

— Je dis : peut-être qu'on devrait discuter de ça un peu plus tard !..., fais-je en forçant la voix. C'est vraiment pas urgent.

— Mais non, on est très bien ici. C'est parfait.

Ce qui signifie que même si la tente était en flammes, elle ne bougerait pas d'un pouce. Que si je me levais, elle se lancerait à ma poursuite. Par-dessus le marché, on est obligés de poursuivre la conversation en beuglant.

— Si tu veux savoir, j'aime pas qu'on mette

ma parole en doute... Voilà, c'est pas autre chose que ça. Peut-être que j'y attache un peu trop d'importance, mais c'est comme ça.

Elle hoche la tête un instant puis me demande, la main en forme de pavillon collée à l'oreille :

— Et à quel propos est-ce qu'il met ta parole en doute ?

— Il m'a soupçonné d'avoir couché avec Monique.

À côté d'elle, un rouquin me jette un coup d'œil, intéressé par ce que je raconte.

— C'est le jour où elle a sauté à l'eau à cause de mon père, ajouté-je haut et fort. Il devait la surveiller et il paraît qu'on est restés trop long-temps à l'intérieur... Il a fallu que je lui fasse sentir mes mains.

— Que tu lui fasses sentir *quoi* ? J'ai pas entendu.

Je les agite devant moi :

— Mes mains ! Il a voulu sentir mes mains !

Sans me quitter des yeux, elle fouille dans son sac et s'allume une cigarette.

— C'était pas une preuve, finit-elle par me lancer.

— C'est ce que je lui ai dit. Mais pour lui, c'était plus important que ma parole.

Elle se recule de la table pour croiser ses bras. Je m'aperçois alors que le brouhaha qui nous entoure est entretenu par une espèce de musique saturée de cuivres.

— Pourquoi tu m'en as pas parlé?

Le rouquin lui fait :

— Allez donc pas chercher de complications là où y'en a pas...

— Je te remercie, mais laisse-moi répondre, le coupé-je en l'arrêtant de la main. (Je plisse les yeux en direction d'Élisabeth.) J'ai trouvé que c'était humiliant pour Ralph. Et même sacrément humiliant, tu crois pas?

— Est-ce que tu as couché avec Monique?

Il y a une femme qui glousse à ma droite :

— Voyons, ma pauvre, il vous le dira pas!... Les hommes, ça sait pas dire la vérité.

— Allez... venez pas foutre la merde! lui fait le rouquin.

— Tu sais très bien que je l'ai pas fait, envoyé-je à l'attention d'Élisabeth.

— Je connais personne qu'a rien à se reprocher, nous déclare le rouquin. Y'a pas un seul innocent assis à cette table.

— Je dis pas le contraire, rétorque la femme. N'empêche qu'un homme, ça ment comme ça respire.

— Non, celui-là il me ment pas!... affirme Élisabeth en me dévisageant.

— Si c'est le cas, ma jolie, faut le mettre sous verre.

— Attention! lance le rouquin. Faut pas confondre mentir et les trucs dont on veut pas parler.

— Ça va, celle-là je la connais! lui répond-elle en balayant l'air de la main.

— Déconnez pas, lui dis-je. J'ai été avec une femme qui m'a raconté des blagues pendant dix ans!

Le rouquin en a une grimace de dégoût. Il fait signe qu'on nous apporte à boire. Une blonde très maquillée, de l'autre côté d'Élisabeth, finit par se réveiller :

— Moi, déclare-t-elle, c'est toujours avec les copains de mon mari que j'ai des emmerdes!... Sauf que c'est moi qu'il vient renifler...

On rigole. Le rouquin paie les consommations et se penche vers la blonde :

— Faut partir du principe qu'on se fait toujours coincer, explique-t-il.

— Ça, vous l'avez dit! s'esclaffe la blonde. Pourtant, je le fais pas exprès.

— Christina!..., lance l'autre en secouant la tête avec un large sourire. Je t'adore!...

Pas plus tard que le lendemain, j'ai droit à la grande scène de Ralph. Il est d'autant plus furieux qu'en ce moment, Antilope ne fait pas d'étincelles. J'arrive et on la regarde un moment sans dire un mot mais il fait une drôle de tête.

— Monique m'a dit de t'appeler pour que je te fasse des excuses!..., finit-il par grogner sans cesser de braquer ses jumelles sur Antilope. Mais je t'emmerde!

Le ciel est bas et gris, avec de longs nuages

immobiles qui s'étirent au-dessus de l'océan. J'ai laissé mon père dans la voiture, avec la radio. Le dimanche matin, ils ont un programme de musique des années cinquante que mon père ne louperait pour rien au monde. Une chose qu'Élisabeth ne comprend pas.

Enfin bref, je bâille et je lui dis :

— J'ai pas besoin de tes excuses.

Il me glisse un coup d'œil méprisant :

— Merde ! grimace-t-il. Élisabeth te fout des raclées ou quoi ?!... Putain, on pouvait pas garder ça entre nous ?!...

— Je lui en demande beaucoup, en ce moment. J'essaye de pas trop tirer sur la ficelle.

— Et ça te donne le droit de balancer un ami, espèce d'enfoiré ?!... J'ai vu le coup où on allait se sauter à la gorge, Monique et moi, à cause de tes histoires ! Petit rapporteur de merde !... (Là, on dirait qu'une traînée de fiel vient de lui couler d'entre les lèvres.) Tu le sais bien qu'elles se disent tout, ces deux connes !...

À le voir si à cran, je mettrais ma main au feu qu'ils ont pas fermé l'œil de la nuit et qu'il danse encore sur les braises d'un crêpage de chignon vraiment sévère. Il a les yeux brûlants, les cheveux dressés sur la tête en épis et un coin de sa bouche tremble. Mais il est au courant que je suis plus costaud que lui, ou je ne sais quoi, et il se retient, les mains crispées sur ses jumelles.

— Peut-être que t'es pas obligé de tout me

mettre sur le dos, déclaré-je. Peut-être que tu peux en prendre ta part.

— Tout ce que t'avais à faire, c'était de fermer ta gueule ! Ça t'a pas effleuré ?!...

Il attrape la barrière et respire un grand coup en regardant ailleurs. On ne se connaît pas aussi bien qu'on se l'imagine, lui et moi. On a pourtant fait des centaines de choses ensemble, comme chasser, jouer aux cartes, boire un coup, emmener les filles en balade, discuter les soirs d'été sur le balcon, partager nos repas, dormir sous la même tente, et davantage encore. Mais je vois bien la distance qui nous sépare et qui ne devrait pas exister. Je ne sais pas à quoi c'est dû.

De rouge, il passe à blême :

— Ça fait deux mois qu'elle me fait chier ! rugit-il. Tu l'as entendue avec ses « *Je peux pas !... J'y arrive pas !...* », grimace-t-il en prenant une petite voix pleurnicharde. Putain, mais on dirait que c'est de ma faute ! Et là-dessus, faut que tu viennes attiser le feu ! Faut que tu viennes me marcher sur la gueule alors que ça tournait déjà au cauchemar, espèce de dégueulasse !

Là-dessus, le type qui s'occupait d'Antilope la ramène en la promenant par la bride.

— Elle manque de jus, annonce-t-il à Ralph. Je sais pas ce qu'elle a mais elle a pas la forme...

— Tu vois pas que je suis en train de parler, non ?!..., aboie Ralph. Va te promener ! Va faire un tour !

Le gars s'éloigne en maugréant, suivi par une

176

Antilope couverte de sueur, les naseaux encore fumants dans l'air frais de la matinée.

— Regarde-moi dans les yeux! me fait Ralph avec un air mauvais.

Je le regarde.

— Tu m'as poignardé dans le dos sans hésiter une seconde! me crache-t-il avant de s'essuyer la bouche du revers de la main.

— Fallait que je choisisse entre toi et Élisabeth.

— Merde alors!! s'étrangle-t-il. Moi, un couteau sous la gorge, elle m'aurait pas arraché un mot!...

Je hausse les épaules en le quittant des yeux et les pose sur Antilope qui fait le tour en secouant la tête.

— Qu'est-ce que tu veux que je te dise?...

Il a toujours ses deux mains cramponnées à la barrière, comme s'il résistait à la force d'un cyclone.

— Mais bordel de Dieu! Elles nous en font pas voir assez comme ça?!!...

Il y a du vrai, dans sa remarque, mais je ne suis pas là pour l'approuver. Ce qui m'étonne, c'est qu'au lieu de se calmer, il semble s'énerver de plus belle. Je ne sais pas ce qu'on leur apprend, dans la police, mais il est en train d'envoyer des coups de pied dans une touffe d'herbe et ses jumelles brinquebalent sec à son cou. Par moments, on entend Antilope pousser un bref hennissement et je sens qu'elle ferait mieux de se taire si on regarde ses dernières performances. C'est comme Monique : je trouve qu'elle pouvait se permettre de le laisser tranquille. Il n'a pas tous les torts de son côté.

— N'empêche que le jour où t'auras besoin de te confier à moi, se remet-il à gueuler, faudra surtout pas hésiter ! Je serai là, t'auras pas besoin de prendre un rendez-vous !

— J'étais pas un type que t'alpaguais au coin d'une rue, n'oublie pas ça. Je m'attendais à ce que tu me traites autrement.

— Sauf qu'elle me rend dingue ! vocifère-t-il. Tu veux me dire pourquoi je me casse le cul à longueur de journée si c'est pour qu'on se foute de ma gueule ?!... T'en prendrais, des gants, dans ma situation ?! Bon Dieu ! Est-ce que tu crois que j'ai mérité ça, toutes ces conneries qui m'arrivent ?!...

Antilope revient vers nous et s'amène dans son dos. Ralph est arc-bouté à la barrière, les traits tordus, le souffle court.

— Je peux pas répondre à ta place, lui déclaré-je. (Je regarde Antilope et j'ajoute :) Dis donc, je crois qu'elle veut un sucre.

Ralph se retourne d'un bond et lui décoche un furieux coup de poing à la tête. Et je n'en crois pas mes yeux mais Antilope tombe à genoux.

Quand Patrick vient me trouver et m'annonce que sa mère part s'installer au Guatemala, je vois vaguement où c'est. Quand il m'apprend

178

qu'elle a proposé de l'emmener et qu'il a promis d'y réfléchir, je sens que j'ai besoin d'aller faire un tour et je vais m'acheter du tabac.

À mon retour, Patrick a filé et Élisabeth est enfermée dans la chambre. C'est le moyen qu'elle a trouvé pour être tranquille quand mon père est dans les parages.

— Après tout, Christine est sa mère..., soupire-t-elle.

— Alors comment ça se fait que j'ai l'impression de l'avoir élevé tout seul?

J'appelle Christine sur-le-champ et lui demande des explications. À un moment, j'ai même Robert, le type qu'elle a épousé, au bout du fil. Je lui dis de me repasser Christine, mais avant de s'exécuter, il me place son couplet comme quoi j'ai eu Patrick pendant dix ans et qu'il semble équitable, à présent, que ce soit leur tour.

— Sauf que j'ai eu les plus difficiles, fais-je en embarquant le téléphone devant la fenêtre. Y'a pas de comparaison.

— Oui, sans doute, reconnaît Robert. Mais quoi qu'il en soit, il est majeur, c'est à lui de voir... Vous savez, je peux m'occuper de lui trouver une situation, je peux le prendre avec moi... Je vais vous dire une chose, Francis, et je n'ai aucune intention de vous blesser, mais pour ce qui concerne l'avenir de Patrick, je suis mieux placé que vous pour lui donner ses chances.

— Je crois pas qu'il ait envie de se lancer dans la banane.

Je l'entends ricaner à l'autre bout :

— Non, la canne à sucre..., corrige-t-il.

J'échange encore deux ou trois mots avec Christine, mais j'ai l'esprit ailleurs. Je lui demande si, cette fois, elle va me l'abandonner au Guatemala, mais je ne parviens même pas à prendre un ton désagréable. Je sais que je n'ai aucun moyen d'empêcher quoi que ce soit.

— Ah, une dernière chose, me dit-elle. Qu'es-tu allé raconter à Patrick à propos de nos relations sexuelles ?!...

— J'ai pas pu lui raconter grand-chose, je m'en souviens même plus.

Je raccroche et je m'assois, car je me sens pris d'un coup de barre.

Derrière la porte, mon père s'inquiète de savoir à quelle heure nous mangeons mais nous feignons de ne pas l'entendre. Assise sur le lit, Élisabeth recoud des boutons de chemise avec ses demi-lunes sur le bout du nez.

— On devrait pas oublier que les choses ont une fin, déclare-t-elle. Comme ça, on manquerait pas d'en profiter.

— Ça a pas été une partie de rigolade. Crois-moi, j'avais peut-être pas beaucoup le temps de le chouchouter mais j'ai pas compté ma peine. Il s'en rendra compte un jour ou l'autre... Ou peut-être pas, j'en sais rien.

— Je ne parlais pas seulement de Patrick, je parlais d'une manière générale.

— Bon Dieu, le Guatemala !... Ils sont vraiment cinglés, ces deux-là !

On entend un bruit de vaisselle qui tombe.

— Ça va, y'a rien de cassé, la rassuré-je.

— Oh, il peut tout casser, ça m'est égal, réplique-t-elle sur un ton léger.

Je vais à la fenêtre et me croise les mains derrière le dos.

— Où il en est, avec Nicole ? demandé-je.

— Tu le saurais si tu t'intéressais un peu plus à lui.

— Je vois pas comment je ferais pour me tenir au courant d'un truc que j'approuve pas.

— Bon. Eh bien, disons que c'est un peu chaotique. Est-ce que tu comptes sur elle pour le retenir ? À mon avis, elle serait plutôt du genre à lui dire de foncer.

— Alors toi, parle-lui. Il t'écoute.

— Mmm... Seulement vois-tu, le problème, c'est que je ne suis pas sûre que ce soit mieux ici qu'au Guatemala ou je ne sais où. Je risque de ne pas être assez persuasive.

— Mais si c'est pour m'aider, tu peux pas faire un effort ?

— Eh bien, t'aider, tu sais, je ne fais que ça... Est-ce que j'en ai pas l'air ?

Je me retourne et la considère un instant. Puis je lui dis :

— On décerne pas de médaille, dans la vie.

— Oh, je vois!..., me fait-elle sur un ton res-
pectueux.

— Non, je suis pas sûr que tu voies.

Patrick revient avec des pizzas. C'est comme
pour Élisabeth : je n'ai pas le temps de beaucoup m'occuper d'elle en ce moment mais je ne
peux pas être au four et au moulin, elle le voit
bien. Ou elle devrait le voir. Ça ne l'empêche
pas de cogiter et de me lancer des regards
pleins de sous-entendus alors que je suis dans
une passe difficile, que je m'efforce à retrouver
mes repères. Ça ressemble à une blague.

Un exemple : j'emploie mes dernières forces
de la journée, et sans avoir l'air d'y toucher,
ce qui est plus difficile, à dissuader Patrick de
considérer sérieusement un éventuel départ
pour le bout du monde en compagnie d'une
folle et d'un marchand de bananes. J'ai bien
conscience de n'avoir pas grand-chose à lui
proposer en contrepartie si ce n'est quelques
balades en vélo dans la roue de son père et
deux ou trois conseils que je peux encore lui
glisser à l'occasion, deux ou trois choses que je
sais et qui pourraient lui servir, sauf que ce
n'est pas à moi de lui faire l'article. Bref, ça ne
peut pas aller très loin, c'est comme si on me
demandait de déplacer une montagne mais j'y
vais quand même. Je mène donc la conversation en marchant sur des œufs, en tâchant de
rendre la soirée agréable, d'avaler nos pizzas
dans une atmosphère détendue tout en gardant

182

un œil sur mon père qui peut toujours transformer un simple repas en catastrophe, surtout
quand ça tombe sur les genoux d'Élisabeth. Je
dois me montrer d'une extrême vigilance et la
braquer dans toutes les directions possibles,
me tenir prêt à bondir, veiller à glisser la bonne
remarque au bon endroit, garder le sourire,
puis préparer mon père et le coucher en moins
de temps qu'ils n'en mettent pour manger une
pomme et débarrasser la table.

Est-ce que je peux encore m'occuper d'elle
après ça? On discute encore un long moment
avant que Patrick ne se décide à partir. Ensuite,
elle me voit tomber sur le lit, les bras en croix,
la tête farcie de problèmes en veux-tu, en voilà,
un peu comme un pompier rentrant chez lui
après un incendie de forêt et qui n'a plus la
force d'aller vérifier que ses mômes ne sont pas
en train de flanquer le feu à leur chambre. Elle
me voit fixer le plafond mais décide malgré tout
de se promener en culotte autour de moi alors
qu'une armée de salopes professionnelles ne
me ferait même pas bouger un cil. Et elle me
dit au bout d'un moment : « C'est tout l'effet
que je te fais?... » Elle me voit en train de chercher péniblement la réponse dans le fouillis
obscur de mon crâne et en tire je ne sais quelles
conclusions. Elle voit le mal que je me donne
pendant qu'elle est accroupie sur ma figure et
que mes joues et mon menton en ruissellent,
que je m'étrangle à moitié pendant que son jus

me coule au fond de la gorge. Mais elle voit ce qu'elle a envie de voir et me demande : «Pourquoi tu le fais quand t'en as pas envie?...» Voilà. C'est un exemple. Et je n'en ai pas un, comme ça, j'en ai cent.

Ou encore mille petits détails. Un geste que je n'ai pas eu ou un mot que je n'ai pas dit alors qu'il pleut des rochers autour de nous et qu'on n'est plus aussi agiles que lorsqu'on avait vingt ou trente ans et qu'une nouvelle blessure pourrait bien être la bonne. Pourquoi je le fais quand j'en ai pas envie? Parce qu'il y a longtemps que je ne fais plus simplement ce qui me plaît dans la vie et qu'il ne me vient même plus à l'idée de m'en plaindre. Parce que c'est comme ça et parce que ça n'a pas une grande importance. Est-ce que tu m'entends?! Est-ce que je suis en train de hurler dans le désert?!

Le jour se lève et tu me demandes à quoi je pense. Demande-moi plutôt si j'ai bien dormi. On saute du lit. On s'habille en silence. Tu me regardes comme si j'avais commis une chose effroyable. Ben, vaut mieux voir ça que d'être aveugle. Et tu files sans me dire au revoir. Pourquoi tu ne me balances pas ton genou dans le ventre, pendant que t'y es?!

Les forains restent une douzaine de jours. Et quand ils partent, Paul nous présente Sonia, une fille qui lit l'avenir dans les cartes et qui ne voit pas le sien sur les routes *ad vitam aeternam*.

Ralph, Victor et moi, passé le moment de surprise, on se réjouit de cette histoire. On se dit que les futures épreuves de Paul vont bientôt nous distraire des nôtres.

Il est rayonnant derrière son comptoir et on le chahute un peu.

— Non, mais attendez, les gars…, nous déclare-t-il en riant. Vous croyez qu'il y a des trucs que vous savez et que je ne sais pas?!…

— On a l'impression que tu les as oubliés, suggère Ralph.

— Mais nous sommes contents pour toi, assure Victor.

— N'empêche que t'avais failli nous convertir, insisté-je.

Il se frotte l'oreille avec l'air satisfait du type qui vient de vous en jouer une bien bonne et décide de remplir nos verres.

— Une fois qu'on a commis toutes les erreurs possibles, finit-il par annoncer, on peut dire qu'on est prêt.

On repose nos verres et la voilà qui entre. La soixantaine menue, bien conservée. Elle a un côté un peu sorcière. On doit faire gaffe si on ne veut pas se faire nouer l'aiguillette.

— Alors, comment ça s'est passé? lui demande Victor.

— Nous avons passé un moment très agréable. (Elle se tourne vers nous.) Vos femmes sont charmantes, tout à fait délicieuses.

On n'a rien à ajouter à ça. On est censés le savoir. Elle s'adresse à Victor, la main tendue :

— Félicitations ! Ce sera un garçon !

On regarde ailleurs.

— Vous pouvez me croire, insiste-t-elle. Je ne me suis jamais trompée.

On se racle la gorge.

Depuis qu'il a appris la nouvelle, Victor est devenu mélancolique. Parfois, lorsqu'il vient me voir, je suis le seul à faire la conversation et quand j'en ai assez, on reste assis sans dire un mot à regarder couler la Sainte-Bob. On est loin du type qui bouillonnait et pétait des flammes quelques mois plus tôt, qui tenait à garder la forme pour se saouler des quinze années à venir et voulait me pousser à courir de bon matin sur les plages. C'est tout juste s'il grimpe encore dans un bateau, et à condition qu'on s'arrête boire un coup au Kon-Tiki et qu'on jette un œil sur les jambes et les fesses de Nicole.

On était là, Élisabeth et moi, lorsque Juliette lui a annoncé qu'elle était décidée à garder le bébé. Il y avait une semaine qu'il m'informait des progrès de ses longues réflexions sur le sujet, le résultat étant qu'il se plaçait au-dessus des basses réactions habituelles et qu'une fois l'affaire classée par les soins de la meilleure clinique du pays, il n'accablerait pas Juliette du moindre reproche. Mais visiblement, il n'avait pas toutes les cartes en main.

Il s'est donc pris la révélation en pleine

gueule. Il s'apprêtait à me tendre un verre mais il a été obligé de le reposer et j'ai dû me lever pour l'attraper pendant que Juliette continuait sur sa lancée, expliquant que c'était sa dernière chance d'en avoir un et que même si les circonstances étaient assez «spéciales», sa décision n'en était pas moins irrévocable. Du coup, ils en ont oublié qu'ils nous avaient invités à dîner et comme on n'avait rien à la maison, on s'est couchés le ventre vide.

Une fois qu'il est parti, Sonia demande si elle n'a pas fait une gaffe. Elle est passée derrière le comptoir et Paul la tient par l'épaule.

— Remarquez, je le comprends…, marmonne Ralph. Si je me trompe pas, ils avaient décidé ensemble de pas avoir d'enfant, ils s'étaient mis d'accord… Alors il est en train de faire le plongeon et il a la mauvaise surprise de s'apercevoir qu'elle s'est éjectée au dernier moment par la portière. J'aime bien Juliette mais comme fouteuse de coup bas, je trouve qu'elle se pose un peu là!…

— Mais aussi, est-ce que l'on doit persister dans l'erreur? demande Sonia.

— Quelle erreur? Est-ce qu'on est *obligés* d'avoir des mômes?!

— Vous savez, Ralph, si une chose devient nécessaire et que vous continuez de l'ignorer, non seulement c'est une erreur, mais c'est une bêtise. Si j'étais à la place de Juliette, il me semble que je me dirais : «Eh bien, tant pis pour lui, il n'a qu'à sauter, mais je ne suis pas forcée de le suivre… » Les gens ne devraient pas s'enchaîner l'un à l'autre comme des forcenés. Se tenir la main est largement suffisant.

Ça nous la coupe. C'est surtout qu'elle nous a sorti ça d'une petite voix tranquille et légère et sur un ton si poli qu'on a l'impression qu'une espèce de flèche lumineuse nous a transpercés de part en part. Ralph et moi, on voit le moment où le bar de Paul va se transformer en salon de thé.

On aide Sonia à emménager chez Paul, le week-end suivant. On est tous soufflés, connaissant Paul, de la rapidité de cette décision. Bien sûr, on les en a félicités tous les deux, mais personne n'y croit, et pour ce qui concerne Paul, on est d'avis que la solitude l'a rendu fou. Et Nicolas et Théo, même s'ils n'ont pas réellement abordé le sujet, commencent à se faire des cheveux à propos de l'héritage.

On gare la caravane de Sonia sur leur terrain tandis qu'un orage menace au-dessus de nos têtes. Le ciel est rempli d'éclairs mais il ne tombe pas une seule goutte d'eau et on regarde Sonia d'un drôle d'œil. Quant à Paul, il lui a poussé un petit sourire aux lèvres qui en devient presque agaçant.

— Le cap de la soixantaine, c'est encore une autre histoire…, me confie Victor. La vie t'a déjà filé entre les doigts, alors plus rien ne presse. Au fond, Paul a pris un risque limité.

C'est comme s'il se mettait à fumer, il n'aurait plus le temps de mourir d'un cancer.

J'aide mon père à se rhabiller et on l'observe pendant qu'il marche de long en large.

— Si je lui donne quelque chose, me prévient-il, ça va l'assommer.

À la maison, il ouvre les placards et se promène avec une boîte de conserve ou Dieu sait quoi. Puis il s'assoit et la garde sur les genoux. J'ai été obligé de cadenasser le frigo.

— Sinon, je trouve qu'il a bonne mine..., déclaré-je.

Victor approuve mollement.

— Je sais pas, insisté-je, mais je trouve qu'il est presque beau, non? Il a une belle tête de vieux, une tête naturelle, je sais pas comment dire... il a pas l'air con, regarde-le.

— Oui, si tu veux, enfin le problème n'est pas là... Francis, il est en train de perdre l'usage de la parole. Bientôt, il ne pourra même plus se nourrir tout seul, il ne pourra même plus bouger.

— Je le sais.

— Alors qu'est-ce que je fais de ce chèque?

Je fais mine de réfléchir. Puis je bondis par-dessus le bureau, lui arrache le chèque des mains et le transforme en confettis.

— Très bien, soupire-t-il. Alors qu'est-ce que je lui réponds?

— Tu lui réponds rien. Tu laisses ce petit connard dans sa merde. Il croyait pas qu'on pourrait s'en tirer sans lui et ça le rend malade.

— Francis, la place de ton père est à présent dans un centre spécialisé. Ne sois pas si têtu, nom de Dieu!

Je me lève et j'embarque mon père.

— Pourquoi tu ne te fouettes pas avec des verges à clous?! me lance Victor par-dessus son bureau.

Je me retourne et plante un doigt dans sa direction :

— Tu répètes un seul mot de tout ça à Élisabeth et ça ira mal, fais-moi confiance!

Ce soir-là, on rentre saouls. Je n'ai jamais fait ce coup-là à Élisabeth. Il n'est que onze heures, mais je comprends qu'elle se soit inquiétée et qu'elle ait téléphoné à droite et à gauche.

— Mais est-ce que tu es fou?! lâche-t-elle entre ses dents après avoir lorgné mon père.

Je vais jusqu'à sa chambre et le dépose sur son lit. Élisabeth nous suit avec une cigarette.

— Il dort, déclaré-je.

Elle plisse les yeux et souffle un jet de fumée excédé.

— Tu veux dire qu'il a perdu connaissance, oui!...

— Non, je te dis qu'il dort.

Elle tourne aussitôt les talons et quitte la pièce.

Tant bien que mal, je réussis à déshabiller mon père, puis à lui enfiler son pyjama. Je n'ai pas la force d'en accomplir davantage mais je pense à le coucher sur le côté pour le cas où il vomirait. Je reste un instant à le regarder par l'entrebâillement de la porte avant de la refermer.

Je la retrouve dans la cuisine, assise à la table sur laquelle un cendrier est en train de déborder. Je vais m'appuyer les reins contre l'évier, les mains cramponnées sur le bord. Comme elle ne dit rien, j'incline la tête de côté pour regarder dehors et dans la seconde qui suit, alors que je sonde l'obscurité d'un œil vague, je reçois une gifle magistrale qui me semble illuminer la nuit d'un tonnerre de feu.

Je décide de boire un verre d'eau. Ça me chauffe un peu et j'ai l'oreille qui siffle, mais je ne veux pas faire d'histoire.

Je me retourne et j'en prends une autre, du même côté. Je ne cherche pas à l'éviter, bien que je l'aie vue venir, simplement je me raidis pour ne pas qu'elle me dévisse la tête et par le fait, le coup en devient plus violent et sa main claque plus fort contre ma figure qu'un pétard de quatorze-Juillet. Ça nous fait du bien à tous les deux. Elle ramène une mèche derrière son oreille et s'allume une cigarette d'une main encore tremblante, sans me quitter des yeux.

— Allez, vas-y ! siffle-t-elle entre ses dents. Dis-moi quelque chose !

Pour faire le malin, je lui souris et lui tends l'autre joue que je lui indique de la pointe de l'index. Son poing m'atterrit aussitôt sur le coin de la bouche, ce qui ne me surprend qu'à moitié. Elle a cogné dur. Si je n'avais pas les reins calés contre l'évier, les jambes légèrement écartées, je serais peut-être parti à la renverse.

— Bon Dieu! Tu l'as mérité! me fait-elle en baissant la tête.

Je la regarde puis je tombe à ses genoux et j'enserre ses jambes dans mes bras. Elle essaie de s'en sortir en tirant sur mes vêtements, en me repoussant, en m'envoyant des coups de poing sur le crâne, mais sans prononcer un mot, et je la presse contre mon visage au point de m'en étouffer.

De fil en aiguille, on dégringole par terre. J'ai l'impression que nous roulons sur le pont d'un bateau en pleine tempête et que je dois l'empêcher de passer par-dessus bord. Elle se débat mais je n'envisage pas encore de l'assommer. Quand elle m'attrape une poignée de cheveux, je me dis qu'il va falloir qu'elle me les recoupe un de ces quatre. Quand j'arrache un bras de sa chemise, je sais que je vais en être de ma poche. Quand elle tente de me saisir le cou en ciseaux entre ses deux jambes, j'imagine qu'il doit exister des morts bien plus affreuses. Je lui mettrais bien la main à la culotte, mais je ne crois pas que ce soit le bon moment.

Je parviens à l'immobiliser en me mettant à califourchon sur elle et je lui maintiens les poignets cloués au sol. Elle et moi, on a besoin de souffler un peu. Au fond, je n'ai rien fait de si terrible et elle le sait. On se regarde. Je lâche un de ses bras pour écarter des cheveux de son visage. Son poing se ferme mais ça ne va pas plus loin. Je la recoiffe en enfonçant mes doigts dans sa chevelure, et ma main caresse son front et le dessus de son crâne où ça se bouscule encore. Elle tourne la tête de côté pour ne plus me voir. Je la regarde encore, puis je me penche et ma langue remonte doucement dans son cou, de la clavicule jusque sous l'oreille.

C'est long de faire la toilette complète d'une femme. À lui seul, aisselle et doigts compris, lécher un bras correctement peut bien prendre dix minutes. Pour le corps entier, il faut compter une bonne demi-heure, trois quarts d'heure si l'on veut être tranquille et si l'on est d'humeur perfectionniste. Davantage si l'on est saoul et particulièrement ému pour une raison ou une autre. À minuit, je ne lui ai pas encore fini les fesses.

Au matin, je crois qu'elle m'a pardonné. Mais elle me quitte quinze jours plus tard. Elle a commandé un taxi et je la regarde grimper à l'intérieur pendant que le chauffeur enfourne ses deux valises dans le coffre. Et ensuite la rue est vide et je mets du temps à comprendre ce qui m'arrive.

Il me faut toute la journée du lendemain. Je la passe assis, pendant que mon père déambule autour de moi. Je me lève une ou deux fois pour jeter un coup d'œil dans la chambre et inspecter l'armoire en désordre, puis le départ d'Élisabeth s'impose petit à petit dans mon esprit. Le soir venu, alors que je prépare une assiette de tapioca pour mon père, je me mets à couiner un peu parce que ça commence à me faire mal.

Je couche mon père et vide quelques verres dans la pénombre du salon en prévision de la nuit qui m'attend. Je respire si mal que je suis obligé de laisser la fenêtre ouverte malgré l'air froid qui envahit la pièce. Je suis glacé au-dehors, brûlant à l'intérieur. Monique vient aux nouvelles et se précipite pour fermer. Puis voyant dans quel état je me trouve, elle me dit : «Baise-moi. Ça te changera les idées!...» Je la baise, mais ça ne me change pas les idées. Elle se rhabille et me fait :

— Ne dis pas que tu n'étais pas prévenu. Tout le monde t'a mis en garde.

— S'il te plaît, fiche le camp.

— Regarde-moi. Tu ne vas pas faire de bêtises, au moins?!...

Je hausse les épaules et vais rouvrir la fenêtre.

— Elle s'est même pas retournée, dis-je.

— Ça, c'est elle tout craché, déclare Monique.

Je n'ai besoin de personne. Je n'ai pas besoin qu'on m'aide. Mais le défilé dure pendant trois jours et ils sont là, l'un après l'autre, à pleurnicher sur mes malheurs, sans manquer de me répéter que j'étais averti, à moins d'être sourd

194

et aveugle. Ils en ont oublié leurs propres emmerdements, tout d'un coup, et je vois bien que l'attention qu'ils me portent est une façon de me remercier. Comme si je m'étais dévoué pour prendre une volée à leur place.

Il paraît que je les inquiète. Il paraît que j'ai l'air d'un zombie et mon absence de réactions ne leur dit rien qui vaille. Je finis par me demander s'ils ont déjà vu quelqu'un en train de réfléchir. Ils ont peur pour moi. Victor veut que je prenne des médicaments et Juliette me parle de drainages quotidiens pour évacuer mon stress. Paul et Sonia insistent pour m'avoir à table tous les soirs. Ralph veut m'équiper d'un appareil me permettant de le joindre à tout moment au cas où je ne me sentirais pas bien et Monique propose des relations sexuelles entre midi et deux jusqu'à ce que mon état s'améliore et ensuite on verra. Patrick me prend par l'épaule et me donne des conseils. Nicole me prépare un gâteau. Nicolas et Théo veulent vidanger ma voiture à l'œil. Mon père est content, il voit du monde. De temps en temps, il va faire un tour du côté de la chambre. Il la cherche. Mais lui, au moins, il n'éprouve pas le besoin d'en discuter.

Si j'ai une sale tête, c'est que je n'arrive plus à dormir. Mais j'aurais été étonné que le départ d'Élisabeth ne me perturbe pas d'une manière ou d'une autre, que ça me coupe pas l'appétit, par exemple, ou que ça me constipe pas à mort comme lorsque j'ai appris que ma femme avait un amant. Je n'ai donc pas la tête d'un type qui se ronge les sangs mais celle d'un gars qui n'a pas fermé l'œil depuis trois jours et qui se regarde dans la glace avant d'aller bosser. Cela dit, mes idées n'ont jamais été aussi claires. Et je ne suis pas revenu une seconde sur ce que j'ai décidé à l'instant où elle franchissait la porte. En fait, s'il y a une chose à laquelle j'ai longuement réfléchi, c'est comment un type pouvait bien porter le monde sur ses épaules, à moins qu'il n'ait pas eu de femme.

Ma mère remplaçait le gruyère par de la mozzarella, alors j'en achète sur le chemin et j'en garnis le gratin avant de le mettre au micro-ondes. J'ai également pris une bouteille de rosé que nous entamons en guise d'apéritif et même si ce n'est pas une journée très ensoleillée, nous allons déjeuner dehors, dans une lumière agréable, frémissant à travers les aiguilles d'un haut sapin qui se tord au-dessus de la Sainte-Bob comme s'il avait une maladie des os.

J'ai installé mon père dans son fauteuil roulant et me suis assis à côté de lui, où je me mets à pousser des bâillements longs comme le bras qui me font chaque fois monter les larmes aux yeux. Quand j'entends la sonnerie du micro-ondes, je me lève et commence par retomber sur mes fesses tellement je me sens fatigué. J'en ai presque des étourdissements, je vois des éclairs sur les côtés, ou des cercles. Il y a tellement de reflets sur la Sainte-Bob que je ne peux pas la fixer plus d'une seconde alors que mon père la regarde sans même cligner des yeux.

Il mange un peu, renverse son verre sur ses genoux. Je l'essuie. J'ai guetté ses expressions pour voir ce qu'il pensait de la mozzarella mais on ne peut pas dire qu'il ait sauté au plafond et quand je lui demande si c'était bon, il ne me répond pas. Quoi qu'il en soit, j'estime que ça se termine bien entre lui et moi, j'estime qu'on a été plus ou moins à la hauteur, et pour cette raison, je ne regrette pas ce que j'ai fait, même si nous n'avons rien mis au clair et même si Élisabeth en a bavé à cause de nous. Je n'ai encore jamais vu qu'on traversait une épreuve sans s'arracher la peau des genoux et des coudes et parfois, on peut même s'en tirer sans trop de casse si on sait vraiment ce qu'on veut. Mais bien entendu, toute la difficulté est là.

Entre deux de ces fichus bâillements à vous décrocher la mâchoire, je le regarde avant de desserrer le frein et je suis content de l'envoyer *ad patres* avec une bonne tête, les cheveux un peu fous, le teint cuivré et la mine impassible, alors qu'on me l'avait donné avec la raie sur le côté et une touche à faire pitié, une vraie gueule de carême et de chien battu.

Et le voilà qui dévale la pente en cahotant, en me jetant un dernier coup d'œil un peu sombre, les mains cramponnées aux accoudoirs. Je voudrais qu'Élisabeth soit là pour qu'elle puisse garder un pas trop mauvais souvenir de lui. Je voudrais que Marc soit là aussi, ça serait bien, ça lui clouerait le bec, à l'écrivain. Je détourne les yeux avant que le fauteuil ne bute sur le rebord de l'appontement et que mon père ne pique une tête dans la Sainte-Bob. Et vas-y que je te bâille et que je te pousse de longs gémissements sans même plus essayer de me mettre la main devant la bouche. Je lutte un instant, puis je roule sur le côté et je m'endors aussitôt en priant pour que personne ne me dérange.

Je me réveille et je secoue Élisabeth :

— Bon Dieu, je viens de faire un rêve terrible ! J'ai rêvé que l'avion de Patrick s'écrasait !

Et il débarque dans la matinée, avec son sac sur l'épaule, pendant que l'on se préparait un panier pour partir en canoë.

— Je l'ai loupé, nous annonce-t-il. Ça repousse mon départ d'une semaine.

— Écoute, lui proposé-je, nous sommes à la mi-mai. Encore un petit effort et tu pourrais passer tes examens... Qu'est-ce que t'en dis ?

Il me jette un coup d'œil, puis s'adresse à Élisabeth :

— J'étais debout à cinq heures du matin, j'ai préparé mes affaires et je me suis rendormi sur une chaise. Et j'avais mon manteau sur le dos et tout !...

— T'as appelé ta mère ? demandé-je. Elle va encore dire que c'est de ma faute.

On l'emmène avec nous. On remonte la Sainte-Bob pendant une petite heure puis on s'installe à l'ombre et on mange. Ensuite il s'endort pendant qu'Élisabeth monte ses lignes sur la rive. Je m'assois près d'elle et retrousse mes bas de pantalon pour me tremper les pieds dans l'eau.

— Ils vont me l'abîmer, tu sais…, déclaré-je. Ce Robert, il va lui mettre des trucs dans la tête, je le sens venir avec ses histoires de plantations.

Elle a sorti ses lunettes et s'applique à son ouvrage, trop occupée pour lever les yeux sur moi.

— Il n'est pas aussi influençable que tu le crois, finit-elle par me répondre.

— N'empêche que je l'ai pas élevé pour exploiter les autres. Je trouve que ça pue, ces histoires de sucre.

— Mais toi, aussi, tu te réveilles un peu tard.

— J'ai pas eu le temps de faire ouf, tu veux dire !… Il y a quinze jours, on savait pas encore qu'il partait !

Elle serre un nœud entre ses dents puis examine sa canne avec un air concentré tout en me disant :

— Je ne parle pas simplement de ça.

— Tu me fais rire… Qu'est-ce qui vaut vraiment la peine qu'on leur apprenne, au juste ? À la rigueur, on peut leur donner un avis, au coup par coup. Mais seulement une fois qu'ils ont le nez dedans, sinon ça sert à rien. Et même des conseils, je veux dire des *bons* conseils, on n'est jamais sûr de pouvoir en donner. Et ça, c'est pas se réveiller tard, c'est garder les yeux ouverts.

Elle fait siffler sa ligne au-dessus de ma tête.

— Ce qui est important, c'est de montrer qu'on n'est pas indifférent.

— Ouais, seulement c'est pas toujours marqué sur ton front.

Il fait un soleil de plein été. Je vais me baigner un peu plus loin, puis je reviens la regarder pêcher. Elle s'est avancée dans l'eau jusqu'à mi-cuisse et scrute la surface d'un œil de lynx. Je lui dis :

— C'est comme tes poissons : il faut du temps et de la patience. Sauf que ça te prend vingt ans et qu'ils te filent toujours entre les doigts.

— Mais tu voudrais quoi ?...

— Je voudrais qu'on me rende ces années où je me suis emmerdé pour rien.

Même le soir, il fait chaud. On a sorti la table de la cuisine sur le balcon et on reste en tee-shirt. À deux, ça va. À trois, on commence à être un peu serrés, mais c'est aussi le seul moyen de respirer et je vois une femme en combinaison, accoudée à la fenêtre d'un immeuble voisin, et elle n'a pas de balcon du tout.

— Comment tu peux dire que la vie vaut pas le coup de se faire chier ? soupiré-je. Pourquoi tu me sors les mêmes banalités que tous les crétins de ton âge ? T'es quoi, au juste ? Un machin qu'on peut dupliquer à l'infini ou un modèle unique?

— Un machin qu'on peut dupliquer à l'infini.

— Ben c'est là que tu te trompes. Va pas chercher plus loin.

Élisabeth m'a félicité, l'autre jour. Elle a remarqué nos progrès, elle trouve que nous communiquons pas mal, Patrick et moi. Je trouve moi aussi que nous avons des conversations très positives, très enrichissantes, et j'aurais mauvais esprit de regretter l'époque où il gardait ses réflexions pour lui tant elles me sont réconfortantes, tant elles me font chaud au cœur. Au début, j'ai cru que c'était de tremper mon esquimau dans mon whisky qui me flanquait mal au crâne.

— Quand t'étais petit, t'aimais nager dans les vagues. T'aimais en prendre plein la gueule. T'étais tellement excité, tellement heureux que tu hurlais de toutes tes forces.

— Trouver une femme, prendre un boulot, s'acheter une maison et puis crever, c'est ça?

— Attends une seconde. Trouver une femme, c'est déjà beaucoup. Parle pas de ce que tu sais pas.

Élisabeth se moque royalement de ce que nous racontons. Elle fume ses cigarettes en rêvassant, les jambes allongées sur une chaise pour ses chevilles. Elle attend que nous ayons fini pour nous offrir un café. Chaque fois que nous avons Patrick à dîner, elle me dit qu'elle en apprend de bien bonnes.

Paul me déclare que les siens sont toujours sur son dos, d'une manière ou d'une autre, surtout quand ils ont besoin de lui, et il ne comprend pas pourquoi je ne remercie pas le Ciel que le mien veuille s'envoler pour le Guatemala.

— On a toujours l'impression de pas avoir fait tout ce qu'on pouvait, m'assure-t-il. C'est un trou qu'on peut jamais boucher.

Il va servir des clients et revient me voir.

— Je voulais que Nicolas et Théo aient un vrai garage, un truc énorme à l'entrée de la ville. Je crois que ça m'aurait fait du bien. Mais les gosses, tu vois, c'est pas là pour te faire du bien. Ils se tirent du tableau avant que t'aies fini la toile. C'est rare que t'aies le temps de la signer. (Il hausse les épaules et se met à sourire dans le vague.) Sincèrement, faut être con, tu crois pas?

Au contact de Sonia, Paul s'épanouit de jour en jour.

Théo me prend à part et me fait, en se lissant la barbichette :

— Dis donc, tu crois pas que le vieux se ramollit du cigare?

— J'ai plutôt l'impression qu'il est sur un nuage.

— Oui, c'est bien ce que je te dis... Est-ce que tu sais que c'est mauvais de se faire sucer? Ça peut créer une dépression dans le cerveau. Je me demande s'ils y vont pas un peu trop fort.

203

— Et ça t'inquiète réellement?

— Je sais pas. Il est pas monté ici depuis une semaine.

— Tu te plaignais qu'il venait trop souvent. Faudrait savoir.

Il croise les bras et fixe l'horizon en hochant la tête comme si je venais de lui donner les clés d'un mystère dont je n'avais pas idée. Je profite d'avoir le sommeil détraqué pour passer en revue quelques facettes de ces infinités d'épreuves auxquelles nous sommes confrontés tout au long de la vie et dans tous les domaines. Je croise mes mains derrière la tête et reste les yeux grands ouverts dans l'obscurité à mesurer l'étendue des problèmes, à explorer des univers sans fin, à voler sous des cieux apocalyptiques, au-dessus d'un bordel généralisé. Quelquefois, je dois tendre la main et la poser sur Élisabeth pour me persuader que tout ça est vrai.

Le lendemain, pour l'enterrement de Georges Azouline, les gars viennent déposer une gerbe devant ses bureaux pendant que la famille l'emporte au cimetière. Je n'ai pas mis un sou dans l'histoire mais j'y vais pour l'ambiance, pour voir des têtes que je connais, et parce que ça me soulage.

On n'y passe pas la matinée. Ensuite je vais m'asseoir sur le quai, à l'ombre d'une grue et juste en face de mon tas de neige que le soleil est en train de matraquer. Ce n'est plus qu'un monticule grisâtre, sale et ratatiné, posé au milieu d'une flaque qui s'écoule en un mince filet irisé zigzaguant vers la Sainte-Bob. Je fais signe à Paul, à travers les fenêtres du bar. Je ferme les yeux un instant pour me concentrer sur les odeurs, puis j'aperçois Sonia sur le pas de la porte.

Elle me sourit puis vient s'installer à côté de moi.

— Est-ce que tu lui as jeté le mauvais œil ? demande-t-elle sur le ton de la plaisanterie.

— Peut-être bien. C'est pas impossible... Mais tu sais, ce gars-là, c'est comme s'il m'avait viré de chez moi. Je le portais pas dans mon cœur.

— Oui... Ça marche quelquefois. Certaines pensées peuvent filer comme des flèches empoisonnées.

— Ça me manque de plus être avec les autres. Et il le savait.

Elle lisse sa jupe sur ses cuisses puis m'indique le tas de neige avec son menton :

— Et ça, me dit-elle, c'est quoi au juste ?

— Comment ça, « c'est quoi » ? Ça se voit pas ?

— Paul prétend que c'est une espèce de maléfice.

— Ça dépend... En fait j'en sais rien, c'est pas moi le spécialiste.

— Bon sang, regarde-moi ça ! C'est affreux !

— Ouais, ça s'est pas arrangé.

— Non seulement ça, mais c'est plein de mauvaises vibrations !

— Ça, c'est sûr.

— Écoute, ou tu emportes ça chez toi, ou je m'en débarrasse.

Je propose de lui donner un coup de main et d'amener ma pelle quand elle décidera de s'y mettre.

— Le problème, c'est que ça reviendra, soupiré-je. Tu crois t'en débarrasser et un matin, t'en trouves une montagne devant ta porte.

— Bah, c'est pas toujours vrai, déclare Paul qui nous a rejoints et a pris la main de Sonia dans la sienne. Et puis, on est plus résistants qu'on croit. On a ça dans nos gènes.

Nicole, qui passe par là, ajoute son grain de sel :

— N'empêche, qu'est-ce que vous faites quand vous vous sentez *écrabouillé*?! (Elle pose à ses pieds un gros sac de provisions qu'elle serrait dans ses bras et nous toise tous les trois, les poings enfoncés dans les hanches.) Qu'est-ce que vous faites quand ça vous tombe encore et encore et encore sur la tête, comme si le ciel était crevé juste au-dessus de vous?!...

On entend la voix de Victor :

— Aie confiance en ton âge. (On se retourne et on le voit sortir de derrière un pied de la grue, les mains dans les poches et la tête basse.) Tu n'as pas fini de voir le vent tourner.

— Personne ici ne peut le prétendre, nous assure Sonia.

— Tu devrais prendre des vacances, conseille

Paul à Nicole. Tu sais que tu n'as pas bonne mine. Regardez-moi ça, comme elle est pâle !... Toi, tu devrais te changer les idées.

— Ben vous, alors, on peut dire que vous avez changé votre fusil d'épaule ! Vous devriez venir avec moi pour en parler à Théo. Peut-être que vous, il vous écouterait...

— On y va quand tu veux.

— Paul, est-ce que je peux aller me servir un verre ? demande Victor.

— Mais bien sûr !... grogne Paul avec un haussement d'épaules.

Il croise Monique et Élisabeth, les embrasse avant de s'engouffrer dans le bar.

— Eh bien, mes enfants, soupire Monique, en voilà un qui file un mauvais coton...

— C'est pas une question d'âge, déclare Nicole. Ça a vraiment rien à voir.

— De toute façon, ma chérie, l'âge c'est pas quelque chose qui aide. Tu comprendras ça très vite.

Je tends le bras vers Élisabeth pour qu'elle vienne s'asseoir sur mes genoux.

— Je crois que vous devriez faire une virée entre hommes, poursuit Monique. (Elle fait une grimace pour ajouter :) Un de ces trucs virils dont vous avez le secret. Pendant ce temps-là, on aiderait Juliette à déménager.

— Alors ça y est ? Elle est décidée ? demandé-je.

— On en vient, me fait Élisabeth. Elle a trouvé un appartement en ville.

— Y'a un truc que je me demande…, déclare Nicole en s'adressant à Paul. J'ai pas tellement l'habitude de vous avoir de mon côté. Hein, qu'est-ce que ça cache?

— Y'a qu'à le regarder, blague Ralph en descendant de sa moto. C'est plus le même homme. Sonia a mis le paquet!

Victor revient et se plante devant Paul et Sonia:

— Ne l'écoutez pas, leur déclare-t-il. Vous faites plaisir à voir, tous les deux.

— Merci, Victor, répond Sonia. C'est très gentil ce que tu nous dis là.

— Ralph, dis-je, il faut que tu nous organises une partie de chasse.

— Qu'est-ce qui te prend? T'as envie de tuer quelqu'un?

— Ça vous dégourdirait les jambes, insiste Monique. *Je t'assure* que c'est une bonne idée.

— Dites donc, les gars, ricane Ralph, je crois qu'on cherche à se débarrasser de nous! C'est le moment d'ouvrir l'œil!

Victor s'accroche à son épaule et son visage s'éclaire:

— Ce que j'admire chez toi, c'est ton obstination à résister. C'est dans ta nature.

— Tout juste! Et prends-en de la graine!

— Je crois qu'on peut abandonner certaines positions, prétend Sonia. Reculer pour renforcer celles sur lesquelles on ne veut pas céder.

— Ouais, ça c'est super!…, marmonne Ralph.

208

Ça me rappelle les cours qu'on nous donnait pour appréhender un individu dangereux. La théorie, c'est toujours balèze. Ça me fascine.

— N'empêche qu'elle a raison, dis-je.

De fil en aiguille, on s'est tous tournés vers la Sainte-Bob et on a le regard vague. On fait une belle bande de cinglés, une belle bande de zigotos posant pour une photo de famille, avec des airs mi-figue mi-raisin.

Je n'ai pas le temps de profiter du soleil, les deux jours suivants. À l'époque de la Fête des Mères, on organise des rencontres entre clubs, et il faut préparer un peu tout ça. Sauf que cette fois, je dois mettre la main à la pâte. L'entrepôt, les vestiaires et les douches doivent être particulièrement nickel. Il faut monter une tribune sur le côté de l'appontement, disposer des bancs et des chaises, ranger, balayer, tendre des guirlandes de fanions entre les arbres, planter des parasols sur la pelouse, aménager un emplacement pour la buvette officielle, astiquer les coupes et dérouler les câbles et les protéger pour les micros et le courant, ce qui signifie cavaler de droite à gauche et avoir l'œil à tout, pour ce qui concerne mon territoire. Que je trouve particulièrement étendu pour l'occasion. Et dont je prends conscience pour la première fois.

Victor me laisse carte blanche. Je lui ai dit que c'était un peu facile mais il a prétexté un surcroît de boulot à l'hôpital — du pur baratin, à mon avis, car je le vois mal s'activer en ce moment. Par chance, j'ai Patrick avec moi et je dois reconnaître qu'il m'aide bien, au point que j'ai eu deux ou trois fois une vision agréable : lui et moi, on travaillait ensemble, je ne sais pas à quoi au juste, peut-être qu'on s'occupait tout bêtement de louer des bateaux pour que les gens se baladent sur la Sainte-Bob et ça avait l'air d'une affaire qui marchait gentiment, et on s'entendait plutôt bien.

Il a repoussé son départ à la fin du mois. Pas pour me faire plaisir. Il a un magazine sur lui, qui ne quitte plus la poche arrière de son pantalon, sauf lorsque nous l'examinons, et à propos duquel nous discutons à l'heure où nous avalons nos sandwiches ou lorsque nous prenons cinq minutes pour fumer une cigarette. Il s'agit d'un magazine de cul dans lequel il est persuadé d'avoir reconnu Nicole mais comme je le lui ai dit, et m'estimant plus impartial dans cette affaire, bien malin celui qui pourrait affirmer quelque chose : sur la dizaine de clichés qu'il m'a soumis, la fille porte un masque lui couvrant la moitié du visage. Je lui demande :

— Mais est-ce que tu as idée du nombre de filles qui ont une tache de naissance sur la fesse gauche, espèce de gros malin ?

— Bah, mais y'a pas que ça !... grimace-t-il.

On regarde une photo où la fille est à quatre

pattes, pénétrée par un concombre qui me semble bien être un faux.

— Je te dis que c'est ses pieds! m'affirme-t-il.

— Ah, parce que toi tu reconnais une fille à ses pieds?! Bravo, tu as l'œil!...

Une autre fois, c'est son cou, ou ses genoux, ou ses seins, ou la forme de sa bouche.

— Mais qu'est-ce que tu me chantes? T'as passé toutes tes nuits à l'étudier en détail?

On se fixe une ou deux secondes puis il détourne la tête.

— Écoute, je crois que tu te trompes, dis-je en feuilletant le magazine. Cette fille est une professionnelle. Sacré nom d'un chien, regarde-moi un peu ce qu'elle va inventer!... (Je lui montre un gros plan.) Crois-moi, tu ne réussis pas un truc pareil du premier coup sans te déchirer. Nicole a un sexe de taille normale, j'imagine?

Il hoche la tête mais n'a pas l'air convaincu. Sur une page, l'implantation des poils pubiens en forme d'as de pique est une preuve supplémentaire. C'en est une autre un peu plus loin, à l'occasion d'une scène de sodomie pas piquée des vers, sous prétexte que Nicole aime ça.

— Et alors? Comme la plupart des femmes!..., fais-je avec un haussement d'épaules. Et même, tu n'as qu'à voir ton oncle...

— Et maman?

— Quoi, «maman»? (J'attends la réponse

mais elle ne vient pas.) Pourquoi tu t'intéresses à ces histoires? Tu ferais mieux de t'inquiéter de ce qu'elle a dans la tête. T'embarquer pour le Guatemala, c'est plus grave que d'avoir une manie sexuelle, fais-moi confiance!

Je l'observe, de temps en temps, quand il est assis un peu à l'écart avec son magazine ouvert sur les genoux, le front soucieux. J'étranglerais bien sa mère, si je le pouvais.

Je lui dis:

— Tu te soucies quand même drôlement des femmes pour un type qui trouve que la vie vaut pas la peine. T'es pas de mon avis?

Je le regarde tandis qu'il s'embarque dans ses explications à la mords-moi-le-nœud. Je sais d'où vient le problème. Élisabeth me répète depuis des mois qu'il a envie de parler avec moi et je crois qu'elle ne s'est pas trompée. Je trouve qu'il y a mis le temps, mais toujours selon elle, je ne dois pas faire la fine bouche et me féliciter du résultat. Très bien: je me félicite du résultat. Tous les pères ne peuvent pas en dire autant, paraît-il. Le problème, c'est qu'il n'a rien à me dire.

— Tu ne crois pas que tu exagères? soupire Élisabeth.

— Bah, je reconnais qu'il se donne du mal, mais même ce truc avec Nicole, j'ai l'impression que c'est pour alimenter la conversation, il en sort pas grand-chose... Mais après tout, peut-être que c'est normal. Peut-être que ça vient de moi aussi, j'en sais rien. Peut-être qu'il a pas envie de demander son chemin à un aveugle... N'empêche qu'il est là à me tourner autour, et je ne sais pas ce qu'il veut. Pourquoi on serait obligés de se raconter des blagues ?

— Oh la la, qu'est-ce que tu peux être compliqué par moments !...

— Je me rends compte que mon fils n'a rien à me dire : je vois pas ce que ça a de compliqué. Si j'étais instruit, on aurait sûrement des tas de trucs à se raconter, mais ce que je veux t'expliquer, c'est que ça changerait rien au fond du problème. Alors je me demande à quoi on joue, c'est tout, j'essaye de comprendre.

— Et s'il avait simplement envie d'être avec toi ? Qu'est-ce qu'il y aurait à comprendre ?

Je me lève pour mettre fin à cette conversation.

— C'est ma foi vrai que t'aurais fait une bonne mère, lui dis-je.

On a un monde fou, le dimanche, pour les épreuves d'aviron. Ça vient surtout de cette magnifique journée de printemps dont le ciel nous gratifie comme pour s'excuser de ces trombes d'eau qui sont tombées sans presque jamais discontinuer depuis la mort de mon père. D'ailleurs, malgré le soleil qui brille généreusement depuis une dizaine de jours, le sol est encore humide sous la surface et les terres basses sont encore inondées. La Sainte-Bob est

lourde et large comme une belle femme plantu-
reuse et sur toute la longueur de la course, ses
rives sont d'un vert calme et luisant, et les gens
s'y promènent ou sont assis ou sont vautrés
dans l'herbe. Les hommes sont de bonne
humeur et les femmes ont les jambes nues.

Entre celles de Monique, et vers le milieu de
l'après-midi, il y a la main d'un type que la dis-
crétion n'a pas l'air d'étouffer et je surveille la
scène du coin de l'œil au cas où Ralph reviendrait dans les parages. Je voulais que nous
allions voir de quoi il retournait mais Élisabeth
n'a rien voulu savoir, elle est décidée à passer
une journée tranquille, en a assez de s'occuper
des histoires des autres et suit le déroulement
des courses avec la plus grande attention. La
vue de ces jeunes corps couverts de sueur et
tendus par l'effort semble en émoustiller plus
d'un, au point que l'on sent un je-ne-sais-quoi
dans l'air mêlé à l'odeur de pollen.

L'ambiance générale est assez trouble, assez
lascive comme on dit. Je crois que ça vient de
ces premiers contacts avec la nature après la tra-
versée de l'hiver et le printemps qui n'en finit
pas de reculer et vous tape sur les nerfs. Je crois
que sortir de la ville, se rouler dans l'herbe,
ramasser un bout de bois, se tenir au bord de
l'eau et prendre le soleil, ça paraît idiot comme
ça mais ça vous descend dans les jambes, ça
vous donne des idées, des pensées de sauvage.
Monique n'est pas la seule à se faire peloter, à

s'esclaffer comme une idiote, vaguement cachée par les fourrés. Sauf qu'avec elle, c'est toujours la vitesse supérieure et que le type se contente pas de lui caresser le genou.

— Laisse-la. Elle est assez grande, m'assure Élisabeth.

En fait, je me le demande. Je n'en reviens pas de la vitesse à laquelle ça s'est détérioré entre elle et Ralph. Six mois plus tôt, c'était Élisabeth et moi qui nous cassions la gueule, tandis que les choses allaient bien pour eux et que je les voyais grimper vers la lumière à toute allure. Je pourrais en dire autant de Victor et Juliette pendant qu'on y est. Ça me fait penser qu'au contraire, si on prend un gars comme Paul, un gars qu'on croyait fini, du moins pour ces histoires avec les femmes, il nous a fait le coup de la boule qui heurte la bande du billard et repart en sens inverse à une vitesse impressionnante. L'autre jour, je disais à Ralph qu'au fond, c'est facile de miser sur un cheval.

Je vais chercher à boire et je reviens.

— J'espère qu'elle a prévu une culotte de rechange, glissé-je à Élisabeth. On va bientôt retrouver la sienne dans les arbres.

Elle se penche en arrière pour vérifier ce que je lui raconte.

— Oui, effectivement!..., conclut-elle en s'étirant, les deux poings tendus vers le ciel d'un bleu irrésistible.

Puis la voilà qui m'attrape et m'embrasse à

pleine bouche. Je n'aime pas les baisers avec la langue, mais quelquefois, je suis bien obligé d'y passer. Heureusement, Théo vient me taper sur l'épaule. Il cherche Nicole mais nous ne l'avons pas vue. On échange encore deux ou trois mots puis il me fait avec un sourire d'imbécile :

— Ça te gêne pas d'être là à t'amuser juste à l'endroit où ton père a piqué une tête ?

Je le dévisage une seconde mais je n'arrive pas à savoir si c'est une question naïve, ce dont il est capable, ou une question à la con, ce dont il est capable également. Je lui demande :

— Ça a l'air de me gêner ?

— Mais d'abord, en quoi ça te regarde ? ajoute Élisabeth. Depuis quand tu t'occupes d'histoires de morale ?

Il reste accroupi, les genoux enserrés dans ses bras et il sourit en regardant ailleurs. Ça devient une espèce de tic, chez lui.

— C'est les endroits où y'a des vivants qu'il faut parfois éviter, plaisanté-je. Enfin, je t'apprends rien…

Il hésite puis se relève, toujours souriant à droite et à gauche. Ensuite nous le suivons des yeux tandis qu'il s'éloigne.

— Mais quelle mouche l'a piqué ?! s'interroge Élisabeth.

J'y réfléchis un instant, puis l'arrivée d'une course en double chasse Théo de mon esprit.

Je quitte Élisabeth pour aller m'assurer qu'on ne met pas trop de pagaille sous mon hangar,

216

que les embarcations qui rentrent sont rangées au fur et à mesure, que les autres sont sorties avec précaution, que ça se passe bien dans les vestiaires et que dégagent les gens qui n'ont rien à faire là.

Victor me rejoint entre deux épreuves, légèrement anxieux.

— Comment ça se passe? demande-t-il en s'épongeant la nuque.

— Je m'en sors.

— Tout le bazar, je veux dire!...

— Écoute, t'es le président... Alors tu te démerdes!...

À son air, je vois que le moment est mal choisi pour le charrier. Je le rassure. Plus encore : je lui déclare que nous sommes en train de casser la baraque, qu'il n'y a jamais eu autant de monde et que les autorités de la ville sont aux anges.

— Tu n'as pas vu Juliette? me fait-il.

Pendant que je secoue la tête, il sort un flacon d'alcool de sa poche arrière et s'en envoie une longue rasade comme un voleur en fuite. Puis il m'en offre mais je refuse car il fait encore trop chaud.

— Eh bien moi, tu vois, marmonne-t-il, je n'ai même pas besoin de chapeau!

Il dit ça en se frappant le crâne. Son nez et le haut de son front en ont déjà pris un coup, et l'arête supérieure de ses oreilles ressemble à de la gaufrette aux myrtilles.

Ralph arrive et lui prend le flacon. Il prétend

que depuis qu'Élisabeth m'a repris en main, je file tellement droit que je ne m'assois plus pour chier.

— Est-ce que j'ai pas raison? insiste-t-il en vissant le flacon à ses lèvres.

Quand je l'interroge sur les raisons de sa mauvaise humeur, on apprend qu'Antilope a pris un coup de chaud. Le mois dernier, elle avait de l'acide lactique dans les muscles et pissait presque noir. Chaque fois qu'Antilope attrape quelque chose, Ralph est rivé à son chevet et Monique a les coudées plus franches. Et moins il peut la surveiller, plus il est d'une humeur massacrante. À cet instant précis, il meurt d'envie de nous demander si nous n'avons pas vu Monique. Mais comme son orgueil le lui interdit, il soigne son futur ulcère en étant désagréable. Quand il m'entraîne au champ de courses et qu'elle entre dans le dernier virage, je prie pour qu'elle se casse une patte.

— Bon, autre chose…, reprend-il après une seconde rasade. Si ça vous dit toujours, cette sortie, je m'occupe des tentes, du véhicule et des armes, seulement je paye pas les munitions et vous vous chargez de la bouffe, ça vous va?

On n'en sait rien, on lui dit oui, on sait à peine de quoi il parle. Victor et moi, on vient de voir passer Monique au bras du gars de tout à l'heure — je le connais, c'est un jeune médecin de l'hôpital — et on a cessé de respirer du même coup, jusqu'à ce qu'elle disparaisse dans son dos. Mais on n'a pas le temps d'emmener Ralph se balader dans la direction opposée. Victor doit retourner dans les tribunes pour donner le signal d'un nouveau départ, une course de huit de pointe entre clubs. Quant à moi, le type qui approvisionne les buvettes me fait signe et m'annonce qu'ils ne tiendront pas longtemps à ce rythme-là et que je dois agir en vitesse si on ne veut pas avoir une émeute. On a mis Paul sur ce coup. Je le cherche. Je finis par le trouver. Il se frotte les mains, m'assure qu'on va s'en mettre plein les poches, puis file au dépôt avec sa camionnette.

— Ça a bardé, ce matin, m'apprend Sonia. Il est monté discuter avec Théo, au sujet de Nicole.

Je croise les bras et m'appuie les fesses sur l'aile de ma Volvo garée à l'ombre :

— Je croyais pas qu'il le ferait, avoué-je avec une moue admirative. Tu sais, avant qu'il te rencontre, c'était pas le même bonhomme. Je te jure qu'on doit se pincer par moments.

— Mais, Francis, on ne change pas quelqu'un en quelques mois !... Et je ne lui dis pas ce qu'il a à faire, tu peux me croire ! Et d'abord, on ne change pas, on reste toujours le même...

— Alors y'a un côté qu'il devait bien planquer, l'animal !... Ma parole, c'est la fleur qui apparaît sur le chardon, j'exagère pas !...

— Eh bien, ce n'est pas l'avis de Théo, me

semble-t-il. Franchement, je ne connais pas très bien ce garçon, mais j'ai l'impression qu'il est un peu bizarre... Son frère aussi, hélas, pour ne rien te cacher.

— Ce qui est difficile, c'est de trouver des gens normaux, pas vrai?

On reste un instant à observer toutes ces personnes et ces enfants qui vont et viennent autour de nous, la face giflée par un soleil brûlant, le cœur pompant et crachant du sang pour alimenter la machine et les envoyer dans toutes les directions possibles comme un sac de billes qui s'écraserait sur un mur, puis elle prend mon bras et nous marchons vers la berge tandis que Victor tire son coup de pistolet dans les airs, provoquant un envol de pigeons effrayés.

Quand on arrive, Victor est debout sur la plus haute tribune, le pistolet encore à la main. Mais il n'est pas tourné du côté de la Sainte-Bob où les huit se sont lancés et filent comme des aiguilles sous les encouragements. Il regarde Juliette s'éloigner en passant la main sur sa cravate qu'il finit par réajuster dans son blazer.

— Qu'est-ce qui se passe encore? demandé-je à Élisabeth.

— Rien de particulier. Sauf qu'elle est rayonnante et qu'elle n'a plus grand-chose à lui dire.

— C'est une main dans le feu et l'autre écrasée par une pierre, constaté-je. On ne sait pas ce qui fait le plus mal.

Un peu plus tard, il s'amène en boitant. Il prétend qu'une envie pressante le tenaille et qu'un bond maladroit des tribunes lui a fait mordre la poussière.

— Tu sais, Francis, j'admire la manière dont tu es remonté en selle. Je te l'ai déjà dit, je crois?...

— Oui, une cinquantaine de fois... Écoute, tu sais bien que si j'avais une formule magique, je te la donnerais.

— Ne te fous pas de ma gueule, soupire-t-il. Tu lui as bien dit quelque chose!...

— Non, je lui ai rien dit. Je suis simplement allé la chercher. Écoute, j'en sais rien... Je crois qu'Élisabeth et moi... ben, on s'envoie des ondes.

— *Des quoi?!...*, grimace-t-il comme si je venais de lui écrabouiller le pied.

— Ouais, appelle ça comme tu veux..., déclaré-je en haussant les épaules. C'est pas moi qui suis toubib.

— Nom d'un chien! Mais tu ne m'avais jamais parlé de *ça*!..., marmonne-t-il en me jetant un coup d'œil par en dessous. Seigneur, mais comment ça, des ondes?! Comment t'y prends-tu?!...

— Écoute, j'en sais rien. Ça se commande pas... Et puis quand t'as vécu un moment avec une femme, c'est rare que tu puisses l'avoir au baratin. Faut trouver autre chose.

— Quand je pense à elle de toutes mes

forces, je n'arrive même pas à la faire descendre de sa chambre !

— Remarque, pour ça, y'a d'autres moyens, j'imagine.

Je dois l'abandonner pour distribuer des serviettes dans les douches et leur dire d'y aller mollo avec le shampoing, mais il ne me lâche pas la jambe.

— Est-ce que c'est comme une espèce de téléphone ? me demande-t-il.

— Non, pas vraiment.

— Est-ce que tu t'assois dans le noir ?

— Non, ça peut fonctionner en plein jour et en marchant.

— Tu lui as fait des choses bizarres, sur le plan sexuel ?

— Non, j'ai pas l'impression.

— Est-ce que tu crois à la réincarnation ?

On a des filles qui veulent savoir pourquoi on reste plantés là si ce n'est pas pour se rincer l'œil et nous devons aller discuter plus loin. Je lui rappelle qu'il a envie d'aller pisser. Il veut bien, à condition que je l'accompagne et il se met à l'œuvre en laissant la porte ouverte.

— Francis, me dit-il en soulageant sa vessie, à quoi voit-on que l'on a définitivement perdu une femme, d'après toi ?

J'étais en train d'en profiter pour m'asperger de l'eau sur le visage, histoire de me changer les idées.

— C'est quand elle brandit une hache au-

222

dessus de ta tête et qu'elle renonce à te tuer, plaisanté-je.

— Peut-être que je devrais prendre exemple sur Ralph et m'acheter un cheval, soupire-t-il.

On retourne dehors. Le soleil descend mais la chaleur monte du sol. Il y en a qui se baignent derrière la ligne de départ, on mouille la tête des enfants. Paul me fait signe que le soleil est un ami.

— Quand je pense qu'Élisabeth est toujours avec toi !..., me déclare Victor tandis que nous descendons vers la Sainte-Bob. Et pourtant, Dieu sait que tu lui en as fait voir !... Sincèrement, tu trouves qu'il y a une justice ?

— On doit être prêt à payer le prix qu'il faut. C'est comme pour tout. Et être sûr que ça en vaut la peine. Tu te souviens, un jour tu m'as dit qu'il y avait le feu aux alentours de la cinquantaine, mais tu t'es contenté d'aller courir sur la plage. Résultat : tu as simplement perdu un peu de graisse.

On l'appelle pour le départ de la course la plus attendue. Depuis trois ans, à l'occasion de la Fête des Mères, on organise une compétition amicale disputée par des quatre de couple, uniquement réservée aux mamans. L'équipe gagnante se voit offrir un week-end auquel ni maris ni enfants ne sont conviés, dans un hôtel situé au diable, et ça se bouscule au moment de l'inscription, même des femmes qui ne savent pas nager. Ça ne va pas bien droit non plus, ça manque de coordination et de style mais c'est l'épreuve la plus sympathique et chaque mère donne tout ce qu'elle a dans le ventre.

— Mais qu'est-ce que tu lui racontes? me demande Élisabeth pendant que Victor se hisse mollement sur les tribunes. Il en fait, une tête!...

— Je lui ai dit que toi et moi, on s'envoyait des ondes.

— Francis!..., glousse-t-elle. Pourquoi tu lui racontes des bêtises pareilles?!

On remonte le long de la berge, pour assister à l'arrivée. On regarde des couples allongés dans l'herbe, on croise des connaissances, on en voit qui jouent au ballon, qui discutent, qui se versent des seaux d'eau sur la tête, qui sont installés en famille et qui mangent sur une couverture. On passe devant des villas qui ne s'emmerdent pas et qui bordent la Sainte-Bob, la couvent de leurs façades lumineuses. Élisabeth a sa préférée, celle qu'elle aimerait s'acheter mais qui n'est pas celle que je choisirais si j'en avais les moyens. On en discute longuement chaque fois. On prendrait peut-être un chien mais on n'en a pas vraiment besoin.

Ralph nous rejoint sur sa moto et ralentit à notre hauteur. Puis il tombe dans les pommes.

Comme il a la tête nue, je pense à une insolation. Je lui administre quelques claques pendant qu'Élisabeth va puiser de l'eau dans son chapeau. Elle la lui jette à la figure. Ça le réveille.

— Antilope m'a mordu!..., bredouille-t-il.

On croit à une plaisanterie mais ce n'en est pas une. Ça saigne même un peu.

On relève sa moto, puis je le prends sur mon dos et le conduis sous la tente de secours. Antilope l'a méchamment pincé dans le gras de la hanche, on y voit l'entaille de toutes ses dents et un peu de chair a été écrasée.

— Sur le coup, tu sens presque rien, m'explique-t-il. Tu réalises pas. C'est ensuite que tu prends conscience. Mais un bon moment après, parce qu'il te faut le temps d'y réfléchir... Et alors là, c'est le voile rouge, t'es certain qu'elle t'a arraché le morceau!

Il grimace pendant qu'on asperge sa plaie de désinfectant.

— Mais je lui pardonne, reprend-il. La pauvre est sous antibiotiques.

Monique arrive. Elle nous regarde les uns après les autres. Puis elle dit :

— Eh bien, elle t'a pas mal arrangé!... Tu l'as abattue, j'espère?

Il sourit en baissant la tête qu'il secoue de droite à gauche. On lui demande d'arrêter de bouger pendant qu'on lui applique un pansement de la taille d'une tranche de jambon sur la morsure.

— Bon, eh bien si c'est tout ce que tu as à dire, déclare-t-elle, je retourne me promener.

— Ça peut pas attendre cinq minutes? marmonne-t-il.

— On peut savoir ce que tu fabriquais là-bas? Elle peut pas se passer de toi cinq minutes?

Il la fixe une seconde puis se laisse glisser de la table et se plante devant moi.

— Sois gentil, me dit-il. Emmène-moi boire quelque chose.

Dehors, on croise les mères qui remontent vers le hangar en portant leurs embarcations sous la chaude et rougissante lumière de cette fin d'après-midi, direction les douches. On prend des bières et je vais leur distribuer des serviettes à mesure qu'elles pénètrent dans les vestiaires, accompagnées d'une forte odeur de transpiration. Patrick passe en coup de vent pour me prévenir que tout est paré et que la location des canots peut commencer.

— Parfait! dis-je. Et pour les barbecues de ce soir, fiston?

— Ça marche. Dis donc, tu n'as pas vu Nicole?

Je lui fais signe que non.

— Mais tu sais, ajouté-je, d'ici quelques heures, ça va tellement grouiller de filles dans le coin que tu ne sauras même plus où donner de la tête.

Ça lui rentre par une oreille et ressort de l'autre. Il repart comme une flèche et Ralph m'interroge :

— C'est donc pas fini, ses aventures avec Nicole?

— Comment veux-tu qu'il s'en sorte avec

une vraie femme dans les bras ?! À côté de Nicole, les filles de son âge trouveraient même pas leur trou du cul.

— À quoi ça sert, une fois qu'on l'a trouvé ?!..., soupire une maman assise à côté de nous, occupée à dénouer ses lacets.

On resterait bien bavarder avec elle, d'autant que d'autres mères sont déjà en petite tenue et qu'à choisir, je les préfère aux étudiantes, car on connaît la vie, on sait ce que c'est, on n'est pas là pour jouer les innocents, mais je suis appelé d'urgence du côté de la chaudière, je dois rallumer le brûleur qu'un méchant courant d'air a soufflé, et quand on revient, le vestiaire est vide, elles ont toutes filé dans les douches.

— Ah, ça sent vraiment bon ! remarque Ralph planté au milieu du vestiaire, les yeux fermés, entouré de shorts et de maillots humides jonchant le sol autour de lui.

— Ouais. Y'a une odeur de mie de pain un peu sucrée.

— Ouais... Un léger parfum de pissotières, avec un poil de vanille et de cuir neuf.

— Ouais !... Et en arrière-plan, un chouia de compote aux fruits rouges.

Victor nous appelle. On rouvre les yeux et on sort.

— Bon, les gars, ça y est !... nous informe-t-il. Je sais qui est le père. Alors allons-y !

Je préviens Monique et Élisabeth en passant :

— Il va y avoir de la bagarre !...

On marche à côté de Victor qui me confie son blazer et sa cravate, puis retrousse ses manches tandis que nous avançons sur la berge où l'on reste encore à flâner, à mâchouiller un brin d'herbe, à cligner des yeux vers le ciel rose orangé qui ondule sur la Sainte-Bob comme un manteau d'écailles.

— Il prétend qu'il veut me parler!..., ricane Victor en marchant d'un pas de sénateur. Il espère peut-être que nous allons pleurer dans les bras l'un de l'autre!... Ah! comme c'est *écœurant*!!...

Il saute par-dessus des gens allongés, évite des enfants, écarte des branches basses qui menacent de lui fouetter le visage. Derrière, on a du mal à le suivre. On voit des baigneurs pressés d'accoster pour venir se joindre à nous.

— Arrange-toi pour te placer en contre-jour, lui conseille Ralph.

— *Me parler!*..., continue-t-il de grogner entre ses dents. J'aimerais mieux qu'il me transperce d'un couteau!

— Il va y avoir de la bagarre!..., répété-je aux nouveaux arrivants.

— Au moins tout homme mérite qu'on l'achève proprement!..., marmonne Victor en se dirigeant vers le kiosque à musique. Et je revendique ce minimum!

Le type attend, près du pavillon. Il semble surpris de nous voir.

228

— C'est bon! lance Ralph. Formons un cercle!

Je pensais qu'avec la tombée du soir, c'en serait fini de louer nos barques et que cette opération assez juteuse allait fermer ses robinets, mais je n'avais pas pensé à la pleine lune. On se regarde, Patrick et moi, au moment où elle s'arrache du crépuscule qui assombrit l'horizon et s'élève comme un mastodonte, un énorme lutteur japonais, dans le ciel pur.

— Merde! Je vais y passer la nuit!..., commence-t-il à râler.

— Je te laisserai pas tomber. Je t'apporterai à manger. Je t'enverrai Nicole, si je la trouve. Dis donc, c'est pas le moment de flancher. On doit se serrer les coudes.

Toutes nos barques sont à l'eau, égaillées de tous côtés, filant au milieu de la Sainte-Bob ou dérivant près du bord dans le reflet des lampions, et des gens attendent leur tour.

— Ça leur fait du bien, une balade en bateau..., déclaré-je. Ça les soulage. Tu sais, je venais ramer tous les jours quand Élisabeth s'était tirée. Je sais de quoi je parle. Et surtout la nuit, je descendais de bagnole et j'y allais en courant.

— T'aurais dû embarquer une fille, me conseille un gars qui poireaute à nos côtés. Quand ça pète d'un côté, faut reboucher de l'autre.

— Oui, ça va pour dépanner. Mais reconnais que c'est pas du bon boulot.

— Ça, je suis bien d'accord! fait la femme accrochée à son bras. C'est reculer pour mieux sauter. Tu crois que t'as toujours réponse à tout, mon grand, mais attends d'avoir une tuile pour de bon!...

— Tu veux quoi, m'man? Tu veux me porter la poisse?

Ce lever de lune est une vraie symphonie. Pour le lapin assis dans l'herbe, l'écureuil sur la branche, le poisson près de la surface, l'oiseau en vol plané au-dessus de la Sainte-Bob, mais aussi pour nous qui observons une minute de silence, nos faces brillantes comme des pépites.

J'encourage Patrick d'une tape sur l'épaule, vais m'assurer que les buvettes sont garnies, que les barbecues crachent le feu, puis je retourne auprès des autres.

Victor a le visage tuméfié mais son œil brille car Juliette soigne ses bosses et il est resté debout jusqu'à la fin. Je lui ramène un sac de glaçons qu'il dédaigne.

— Il croit vraiment au père Noël!..., me glisse Ralph tandis que nous rinçons des verres.

— C'est bien qu'il ait l'impression de retourner dans le jeu. En général, c'est tout ce qu'on demande.

— Ouais, mais attends un peu qu'elle fasse ses valises. Tu vas voir le retour de manivelle!...

Du coup, on a récupéré Monique et Juliette, et même si les choses ne sont plus ce qu'elles étaient, si certains ont de l'amertume aux lèvres, c'est une occasion de se retrouver réunis.

— Bien sûr que je suis d'accord pour qu'on boive tous ensemble à quelque chose !..., ricane Ralph. Mais dites-moi seulement à quoi ! (Il attrape Monique et la serre contre son épaule.) Elle et moi, on vous inspire pas ?

Elle l'envoie promener. Il remet ça un peu plus tard, quand on est en train de se baigner. Il plonge et quelques secondes après, on voit Monique s'enfoncer sous l'eau après avoir crié. Lorsqu'ils remontent, il se fait incendier et ça se chamaille un peu sec.

Je le ramène dans les vestiaires pour changer son pansement.

— Oui, mais moi, je m'appelle pas Victor, m'explique-t-il. Je tends pas l'autre joue.

On relève la tête en voyant Nicole passer comme une flèche.

— Enfin, chacun a ses soucis !..., soupire-t-il. C'est presque rassurant, d'une certaine manière.

Ensuite, c'est le tour de Théo, suivi de Nicolas. Mais nous apercevant, ils freinent.

— Si on l'attrape, grince Théo en soufflant comme une forge, je lui en flanque une bonne !

— On la fout à poil et on la badigeonne de rouge ! ajoute Nicolas en souriant d'une oreille à l'autre.

— Toi, tu la fermes ! lui ordonne Théo. (Il s'adresse à moi :) Bon, écoute, je croyais que c'était Patrick... Et je me disais que t'étais au courant. (Je fais celui qui tombe des nues.) Oui, je sais, je me suis trompé, mais n'empêche qu'on a trouvé ça sur lui !

Il me tend le fameux magazine que Patrick ne lâche plus depuis quelques jours.

— Je veux bien qu'elle fasse ce qu'elle veut, mais y'a des limites !

— Je suis au courant, fais-je. Sauf que c'est pas elle.

— Tiens, et mon œil !

On débarrasse un coin de table et j'amène une lampe à gaz pour étudier l'histoire. On laisse Ralph, qui n'a encore rien vu, tourner les pages, et on a décidé de ne pas intervenir tant qu'il n'aura pas donné son avis. Son front se plisse, il se penche en avant, recule, se caresse la mâchoire, revient sur les premières photos, approche la lampe, secoue la tête en laissant échapper quelques grognements.

Puis il conclut :

— Bon, les gars, écoutez-moi. C'est pas Nicole mais une fille que j'ai arrêtée il y a trois ou quatre ans pour racolage sur la voie publique. (Il pointe le doigt sur un cliché :) Comme vous le voyez, la petite a une spécialité et c'est comme si je vous demandais de m'exécuter une croix de fer aux anneaux. Je vais vous dire : y'a pas une seule femme en ville qui soit capable de ça.

— Attends voir, grogne Théo. Nicole a fait de la danse acrobatique !...

— Où est le rapport? La fille en question m'a parlé d'exercices de respiration drôlement poussés, et ça, je veux bien la croire!

Je sors une bouteille cachée dans l'armoire à pharmacie sur laquelle j'ai fixé un portrait de mon père pris par Victor et que je trouve bien, mais dont je ne veux pas à la maison — d'ailleurs sa place est ici, avec ses bottes et son tuyau d'arrosage.

— Tout le monde peut commettre une erreur, déclaré-je en distribuant des verres. Mais c'est y persister qu'est impardonnable.

On ne les a pas entièrement convaincus, mais on a jeté le trouble dans leur esprit et, satisfait, je vide mon verre en regardant Ralph dans les yeux.

On en boit un autre. On leur dit qu'on a des femmes nous aussi. On s'écarte du vif du sujet comme on tire des patates du feu, les laissant doucement refroidir dans la cendre. On feuillette le magazine en prenant un air détendu, en jurant qu'on ferait bien la connaissance de ces filles et chacun choisit la sienne et défend l'élue de son cœur en tâchant de mettre en avant du solide, du vicieux, du bien saignant. On étudie les publicités. On épluche les petites annonces. On regarde sous la table.

Quand ils sont partis, je vais trouver Patrick et lui conseille de filer aussitôt que possible pour le Guatemala.

— Je savais pas que je tenais à elle à ce point-là, m'annonce-t-il.

— Ça sera bien, là-bas. Tu connais pas la langue.

— Je peux pas aller contre mes sentiments.

Ce sont exactement les paroles de sa mère lorsque je lui ai demandé pourquoi elle me plaquait. Et on ne peut rien répondre à ça. Je lui fais :

— Bon, alors à part ça, est-ce que les affaires marchent ?

— Pourquoi ça n'arriverait pas qu'on trouve du premier coup ?

— J'ai jamais dit que ça pouvait pas arriver. Tu sais, je me demande à quoi ça sert qu'on ait décidé de se parler. J'ai souvent l'impression que je ferais mieux de me taire.

— Écoute, tu prends tout de travers...

— Non, ce que je vois, c'est que j'ai rien d'intelligent à te raconter. Je sais pas comment ça se fait. Je peux pas me mettre à ta place. Honnêtement, je peux pas te dire ce que tu dois décider avec Nicole, ce qui est bon ou mauvais pour toi. Mon premier réflexe est de te mettre en garde, mais qu'est-ce que j'en sais ? Est-ce que je suis mieux placé que toi pour décréter ce que tu dois faire ? Est-ce que je mène assez bien ma propre vie pour te donner des conseils ? Tu sais, ça se peut que je sois plus bête qu'un autre, mais quand je réfléchis à tes problèmes, je trouve que je ferais mieux de me taire. Et prends pas ça pour de l'indifférence. C'est pas très facile pour moi de t'annoncer que mon expérience te sert à rien. Mais c'est la vérité, je suis désolé. Ça doit pas nous empêcher de rester bons copains.

Je le sens un peu désarmé. Moi aussi. Sinon, pour ce qui est de la location de nos bateaux, on serait plutôt contents.

Je récupère Ralph, qui se tenait à l'écart et préférait regarder ailleurs, puis nous partons retrouver les autres.

— Ben ça donne pas envie d'avoir des mômes, me déclare-t-il. Où est le plaisir? C'est vrai, qu'est-ce que ça apporte?

— Je sais pas. Peut-être que ça évite de se dessécher. Enfin, Élisabeth t'expliquerait ça mieux que moi. Mais cette idée qu'on a quelque chose à leur transmettre, c'est du pipeau, crois-moi… Écoute, je vais te dire un truc : les plus grandes joies de ma vie, mais presque à en avoir les larmes aux yeux, je te blague pas, je les ai eues quand Patrick était tout petit et que je le regardais dormir. Et tu veux savoir? Je suis pas près de lui causer des bonheurs aussi grands, ça non, ça risque pas, et toute la merde vient de là, de ces sacrées émotions qu'on a eues à un moment donné mais qui fonctionnaient que dans un sens. Alors on joue plus dans la même catégorie. C'est comme l'histoire de l'aveugle qu'on force à traverser la rue. On aimerait bien faire quelque chose, de gré ou de force. Pour les payer en retour, tu comprends. Mais aussi parce que tu crois que t'as trouvé chaussure à ton pied, d'une certaine manière, un coin où tu vas pouvoir t'installer à ta convenance. Alors tu te pointes avec tout ton bazar, tout le foutoir accumulé en cours de route, et tu te retrouves devant la fente d'une boîte aux lettres. Tu vois un peu le travail ? Y'a presque rien qui passe. Et rien qui peut lui être vraiment utile. C'est ton bordel personnel, rien que des trucs à ta mesure, mais tu veux pas reconnaître que ça vaut rien pour un autre, même pas un clou.

— Comme ça, tout le monde est malheureux.

— Oui. Quand c'est pas enragé.

— Ben dis donc, ça coûte un saladier de pas se dessécher ! Faut vouloir garder la peau souple !...

— C'est ça ou les produits de beauté.

Ils ont allumé un feu. On n'est pas les seuls. Il n'y a pas un brin de vent mais c'est à cause des moustiques. Sonia propose tout de même de la citronnelle. Monique prétend que la fumée du joint les repousse. Victor déclare que ses petits bobos de la soirée ne sont rien, comparés à ceux de l'année dernière où sa tête avait enflé comme un ballon en quelques minutes à la suite de deux ou trois piqûres au grand maximum.

— Bon Dieu ! Ça paraît si loin !... rêvasse-t-il.

— Hé, Francis ! me lance Ralph. Tu te souviens de ces balades qu'on faisait au début, quand c'était les filles qui prenaient les rames ? C'était chaud, vous vous rappelez ?... Ça cavalait le long des berges avec des torches électriques pour assister au spectacle !

— Ne te gêne pas, plaisante Monique. Va crier ça sur les toits !...

— Et le jour où on s'est perdus dans la forêt, lui réponds-je, et que les flics nous ont pris pour des nudistes !...

— Oh la la ! s'esclaffe Monique. Qu'est-ce qu'on a pu rigoler !...

— Une fois, Juliette et moi, nous sommes restés coincés dans un sac de couchage, nous apprend Victor. Le magasin a fermé ses portes et on nous a retrouvés au matin.

— Nous avons insisté pour l'acheter, ajoute Juliette en souriant. À une époque, nous étions fous de randonnées.

— Je prenais mes deux gars sur le dos, déclare Paul, et on partait pour la journée. Sans me vanter, j'étais fort comme un cheval ! C'est pas vrai, Élisabeth ?

— J'ai une photo de toi où tu les tiens assis sur tes mains, les deux bras tendus.

On rajoute du bois et la lueur des flammes nous illumine.

— Qu'est-ce qu'on a pu faire les cons, à un moment !... lâche Paul en riant, les yeux dans le vague. On n'en loupait pas une.

— C'est vrai que c'est des bons souvenirs, renchérit Monique. Ça, y'a pas à dire.

À ces mots, Victor se lève et brandit son verre. Il ne tient pas bien debout mais s'y emploie et son combat de tout à l'heure donne l'impression qu'il vient de sauter d'un train en marche et de rouler jusqu'à nos pieds.

— J'aimerais que nous buvions à quelque chose! lâche-t-il pourtant d'une voix ferme. Buvons au futur enfant de Juliette!

Ça jette un froid. Mais il n'attend pas pour vider son verre d'un coup et se rassoit.

— Ne faites pas attention. Excusez-moi, bredouille-t-il en baissant la tête.

— Nom de Dieu! T'as pas à t'excuser! marmonne Ralph. Y manquerait plus que ça!...

Je prends le joint des mains de Monique et le lui passe.

— C'est vrai, quoi, c'est le monde à l'envers!... fait-il entre ses dents avant de le porter à ses lèvres.

Victor relève la tête. Il se force tellement à sourire que l'on croirait un masque.

— Est-ce qu'on vous a dit que Juliette et moi avons remporté un concours de danse? (Il lui effleure le bras.) Retiens-moi si je dis une bêtise. C'était l'année de la guerre aux Malouines, c'est bien ça?

— Mais non voyons, tu confonds avec la déclaration d'état de guerre en Pologne.

— Oui, tu as raison! Ils venaient juste d'assassiner Sadate. Enfin, toujours est-il que Juliette et moi avons décroché la timbale!

— Tu te fais du mal, amigo !..., le prévient gentiment Ralph.

— Mais non, je me fais du bien justement !..., soupire-t-il.

J'examine Juliette qui lui adresse un sourire un peu tendre, mais elle est glacée comme un bloc de marbre par en dessous. Paul va récupérer des canettes que l'on a mises au frais dans la rivière pendant que Victor cherche une photo dans son portefeuille. Juliette n'est pas chaude mais il ne veut rien savoir du tout.

— Vous voulez une preuve ? Vous allez l'avoir !..., marmonne-t-il.

Il la trouve et nous la fait passer.

— Mince ! Qu'est-ce que vous étiez élégants ! déclare Monique.

— On a eu la meilleure note. Nous avons été élus « le couple de l'année ».

— Oui, mais soyons francs, relativise Juliette. Tu connaissais quand même certains membres du jury.

— De la merde, oui !

Pour calmer le jeu, je sors une photo de Patrick à poil, quand il a deux ans, et je la fais tourner en sens inverse. Et il y a une engueulade entre un homme et une femme, autour du feu suivant, qui vient à point nommé, et on remballe nos photos en se demandant comment ça va finir. On en voit d'autres qui se redressent au milieu des herbes, qui remettent leur besogne à plus tard pour assister à la suite des événements.

On sort les sandwiches. Sonia est allée jusqu'à la voiture et a rapporté de l'encens qu'elle achetait au kilo quand elle était sur les routes avec sa boule de cristal. Elle en jette dans les flammes et tient ainsi les moustiques à distance. Ce serait une nuit parfaite s'il n'y avait pas toutes ces histoires, idéale comme un lit aux draps propres et parfaitement lissés. Mais la femme vient de viser l'homme à la tête et la bouteille s'écrase contre un arbre. Après quoi, Sonia s'avance au milieu de nous et demande le silence en glissant un regard désapprobateur en direction de la scène de ménage :

— Écoutez-moi un peu, déclare-t-elle en retrouvant le sourire. Après tout, je renonce à attendre le bon moment pour vous faire part de la nouvelle. Et je m'en excuse par avance auprès de ceux d'entre vous qui penseront que je retourne le couteau dans la plaie. Mais quoi qu'il en soit, sachez que je vous souhaite à tous autant de bonheur possible. Alors voilà : Paul et moi allons nous marier.

— Quoi ? Tu parles de ce bonhomme ? fait Ralph en désignant le futur époux qui semble touché par la grâce et se met à nous jouer un air d'harmonica.

On les félicite. Pendant ce temps-là, le type a soulevé la femme au-dessus de sa tête et la balance dans la Sainte-Bob. On distribue les sandwiches mais Victor n'a pas faim. Puis le type décide de plonger à son tour. On le regarde

240

s'élancer dans un crawl puissant vers sa compagne qui se contente d'une brasse régulière, si bien la distance qui les sépare rétrécit et que du coup, Victor lâche un bref sanglot, la tête entre les jambes. Paul reprend son harmonica pour étouffer l'incident et on est tous prêts à parler d'autre chose mais pas Juliette.

— Ne recommence pas, ou bien je m'en vais! le menace-t-elle d'un ton farouche. Je ne supporte pas ça, tu le sais!

— Bon Dieu, faut pas pousser..., intervient Ralph. Sois un peu charitable.

Il a droit à un œil noir :

— S'il te plaît, Ralph, je sais ce que je fais!

— C'est vrai, j'oubliais!..., ricane-t-il en enfonçant ses mains dans ses poches. Quand une femme décide de vous rétamer pour de bon, elle se contente pas de vous laisser à genoux!

Pendant ce temps-là, Élisabeth et moi acceptons avec joie une part du gâteau que Sonia a préparé de bon matin et qu'elle nous recommande en silence.

— Je vous en prie, réagit mollement Victor. Vous chamaillez pas pour moi, tous les deux.

Juliette l'ignore.

— Ne parle pas sans savoir, répond-elle à Ralph. Depuis tout à l'heure, c'est moi qui fais des efforts. Libre à toi de te laisser attendrir, mais épargne-moi tes réflexions.

— Excellent! chuchotons-nous à Sonia.

— Te fatigue pas, lui conseille Monique. Avec eux, on a toujours tort.

— Écoutez-la-moi, celle-là!..., s'exclame-t-il en se creusant le dos comme un arc, la tête renversée en arrière. La sainte qui vole au secours de l'agneau! Enfin, vous êtes les seules à en baver, si j'ai bien compris. Vous, votre mécanique est tellement subtile et compliquée par rapport à la nôtre qu'il nous reste plus qu'à dire amen à tout ce que vous faites, et encore, avec toutes nos excuses!... Non, mais vous vous foutez de ma gueule ou vous nous prenez pour quoi?!... Vous voulez comparer? Vous voulez savoir ce qu'on endure?!...

Paul retire l'harmonica de sa bouche :

— Il y a du vrai dans ce que tu dis. D'ailleurs, il y a trois fois plus de suicides chez les hommes que chez les femmes.

— Ben tiens!..., insiste Ralph. Moi, j'appelle ça un beau score pour le camp des imbéciles heureux!

— Oui, mais Ralph, reprend Juliette, encore une fois tu ne peux juger d'une situation dont tu ne connais pas toutes les données. Et je doute que Victor veuille les entendre. Je te demande simplement de ne pas m'accuser trop vite, si tu le veux bien.

— Écoute, je vois ce que je vois, marmonne-t-il.

Victor saute sur ses jambes en brossant son pantalon et sa chemise pendant que Sonia nous écrit sa recette, plus une variante au cho-colat.

— Oh la la!... Que d'histoires pour une seconde de vague à l'âme!..., crâne-t-il sans décoller le menton de sa poitrine. Enfin pour moi, c'est oublié. Je vais chercher des ciga-rettes. Qui en veut?

Ralph décide de l'accompagner, lassé, déclare-t-il, qu'on veuille lui faire prendre des vessies pour des lanternes.

— Fais pas attention à lui, soupire Monique à l'attention de Juliette. Il est pas en demi-teintes. D'ailleurs, il se comprend pas lui-même. (Elle se tourne vers moi.) Me dis pas le contraire.

Je m'apprêtais à mordre dans une seconde part de gâteau.

— Pour être franc, dis-je, ça m'arrive d'être dans le même cas.

— Bon, merde, nous parlons sérieusement.

— Je suis tout à fait sérieux, réponds-je avant de retourner à mon dessert. (Elle continue de me regarder jusqu'à ce que j'aie fini de mas-tiquer.) Mmmm... réfléchis bien, je crois que le contraire serait insupportable. Ça doit être comme de se retrouver enfermé dans une cage en compagnie d'un rat.

— T'as fumé? me demande-t-elle.

Au même instant, on a Nicole qui déboule à toute allure et atterrit dans l'herbe, sur son fond de culotte, pour se réfugier entre les bras de Paul.

— Ne prends pas Ralph pour un imbécile, continué-je en reportant mon attention sur Monique. C'est toi qui le rends comme ça.

— Je te demande pardon?!...

— Quand ça te monte à la gorge, t'as besoin de simplifier pour t'y retrouver. On peut pas toujours se montrer très malin dans la vie. Tu sais, ça m'est arrivé de rugir comme un animal, de même plus pouvoir prononcer un mot.

Puis Nicolas et Théo s'amènent au pas de course.

— Bon, les gars, calmez-vous!..., leur fait Paul. Vous excitez pas comme ça!...

— Je n'en veux pas du tout à Ralph, déclare Juliette. Victor sait très bien jouer les martyrs.

— C'est pas de la comédie, assuré-je. Te trompe pas là-dessus. Je peux même t'avouer qu'il m'inquiète par moments.

— Hier, c'était hier, leur annonce Paul. Aujourd'hui, je prends sa défense. Je suis désolé, mais c'est comme ça. Écoutez, pourquoi vous feriez pas la paix par une si belle soirée?

— Et d'abord, qu'est-ce que j'ai fait?!..., ronchonne Nicole.

— Oui, eh bien pour en revenir à ce que tu disais, reprend Juliette, je refuse de me sentir culpabilisée. Crois-moi, j'en ai plus supporté que tu ne l'imagines. Qu'il s'estime heureux que je ne le quitte pas pour un autre et que j'épargne son amour-propre. Mais ma décision est prise, quelles qu'en soient les conséquences.

— Ne crains rien, la rassure Sonia qui s'est glissée parmi nous pour nous offrir du gâteau. Tu as tiré «La marche», l'autre soir. N'oublie pas ça : tu marches sur la queue du tigre, mais il ne te mord pas.

— Si je te disais certaines choses à propos de Victor..., poursuit Juliette.

Je l'arrête :

— Ça va. Me les dis pas.

— Jamais de la vie ! Non, mais tu rêves ?!..., se met à brailler Nicole. Je le connais même pas !

— J'entends que ça, des types qui se vantent du matin au soir..., la soutient Paul. Des types qui prennent leurs désirs pour des réalités.

— C'est pas toi qui m'as dit de surveiller son poids ? lui lance Théo. Elle a pris deux kilos en un mois !

— Ben franchement, ça se voit pas...

— Qu'est-ce que c'est que cette histoire de poids ? rigole Élisabeth. Où es-tu allé chercher ça ?

— Tu sais, Francis, continue Juliette, je ne prends pas cette décision à la légère. Ce n'est pas du tout mon genre, et crois-moi, je ne choisis pas la facilité.

— Qui pourrait penser une chose pareille ?! s'indigne Sonia.

— Mais je n'ai plus l'intention de sacrifier ma vie à son confort personnel. Et avant tout, Victor est un monstre d'égoïsme... mais tu t'en es sans doute rendu compte.

— Eh bien moi, j'en connais un autre, déclare Monique. Ils ont dû attraper la même maladie, j'ai l'impression. Et ça, je suis bien d'accord : leur petit confort personnel, y'a que ça qui les intéresse !... Ça les étonne, le jour où on leur claque dans les doigts. Ils se demandent plus ce qu'on avait à les regarder comme ça !...

Ralph et Victor reviennent, en compagnie de Patrick.

— Justement, je voulais aller te chercher, lui dis-je.

Juliette et Monique tournent les talons et vont se tremper les pieds dans l'eau. Je lui propose de manger quelque chose, mais encore un qui n'a pas faim.

— Hé ! Tu nous en veux encore pour tout à l'heure ? lui lance Théo.

— Non, ça va.

— Mets-toi à ma place.

— Qu'est-ce qui s'est passé ?! s'inquiète Nicole.

Théo se lève pour échanger avec Patrick une poignée de main compliquée, du genre «cochon qui s'en dédit» à la mode actuelle, puis c'est au tour de son frère.

— On s'est permis d'aller boire un coup dans ta réserve, me glisse Ralph. Il en avait besoin.

Je regarde Victor et lui adresse un clin d'œil qu'il ne me rend pas, bien qu'il soit en train de me sourire.

— Est-ce que je t'ai déjà dit, poursuit Ralph, que les cendres de mon père sont une fine poussière noire tandis que celles de ma mère ressemblent à des petits granulés blancs ?

— Ça vient pas du mode de cuisson ?

— Non, ça vient du fait qu'on n'est pas pareils, nom de Dieu !

J'imagine qu'ils ont vidé ma bouteille et que des oreilles ont dû siffler, dans le coin.

— Faut que je trouve un moyen d'être seul avec Nicole, me souffle Patrick à l'oreille.

— Très bien. Je vais voir ce que je peux faire.

— Je sais ce que tu penses. Je suis pas fier de moi, mais j'y peux rien.

— Non, ce que je pense, t'en sais rien du tout.

Il me considère une seconde et je le sens à un cheveu de m'administrer sa fameuse poignée de main du type à la vie, à la mort, mais je suis bien content que ce ne soit pas dans mes cordes, pour différentes raisons, et on en reste là. Je suis en train d'élaborer une théorie avec les gosses, selon laquelle il vaut mieux rester en retrait, pour ce qui est des sentiments, plutôt que d'enfoncer des portes. C'est meilleur pour tout le monde.

— Y'a la moitié pour vous sur la location des barques, proposé-je à Théo.

— Faut voir. J'avais dans l'idée de garder un œil sur elle.

— Je peux demander à Patrick de le faire, ni vu ni connu.

On se retourne et on voit Victor une hache à

la main. Il veut que Juliette s'en saisisse pour lui en mettre un coup.

— Alors là, ça prend des proportions!..., s'inquiète Paul.

— Il paraît que c'est toi qui lui as mis ça dans le crâne, me fait Ralph. Mais ce que je comprends pas, c'est que d'une manière ou d'une autre, il est perdant ou je me trompe?

— Ouais, c'est ça qu'est fascinant..., déclaré-je en fixant la scène.

— Alors si je te suis bien... C'est plutôt bon signe qu'Antilope m'ait mordu?!

Puis Théo se décide :

— Bon, on est d'accord. Tu sais pourquoi? Parce qu'on s'est dit qu'on allait mieux respirer ailleurs. On les a assez entendues, vos histoires de cons. Et l'autre qui se marie, alors là, c'est le bouquet!

— Je comprends ton point de vue.

— Ouais, t'as l'impression que la vie, ça se résume à des histoires de couples. Je veux dire que toute la planète est peuplée de crétins qui se courent les uns après les autres et qu'en fait, c'est tout ce qui les anime.

— Tu as raison, l'approuvé-je. Y'a pas beaucoup d'exceptions.

— Quand je m'occupais pas de Nicole, je m'en portais beaucoup mieux.

— Je me tue à te le dire! insiste Nicolas. T'avais pas assez d'exemples sous les yeux?!

— Hé, les garçons! leur lance Paul. Qu'est-ce que vous avez à ruminer?! Venez un peu chahuter avec moi!...

— Cette fois, ça y est!..., grimace Théo avant de s'éclipser. Le vieux a vraiment perdu la boule!

Je les regarde s'éloigner en me roulant une cigarette, puis se perdre parmi les gens tandis que leur père est allongé dans l'herbe, les bras en croix et se souriant à lui-même. Monique et Juliette sont toujours côte à côte, le dos tourné, raides comme des statues sombres à la chevelure auréolée, l'eau à mi-mollet. Victor n'ose pas s'en approcher et finit par accepter une part de gâteau que Sonia cherche à lui refiler en échange de sa hache, et elle attend un compliment ou l'un de ces grognements satisfaits dont Ralph la gratifie en ingurgitant un morceau après l'autre. Patrick rampe sans plus attendre vers Nicole qui considère sa progression d'un œil vague et Élisabeth me fait :

— Ça te dirait, un tour en barque?

— Oui. À condition de pas les avoir sur le dos et que ça se termine pas en bataille navale. À condition que ce soit quelque chose de reposant.

Ça prend un bon moment avant de pouvoir leur fausser discrètement compagnie. Élisabeth est retenue par une discussion avec les deux autres qu'un bain de pieds prolongé semble avoir rendues loquaces. Il n'en faut pas moins pour exciter la curiosité de Victor qui, tendant l'oreille en pure perte, se met à rôder sur la berge comme un maniaque en pleine crise, ainsi que celle de Ralph qui se contente de leur lancer des vannes à propos de ces messes basses. J'aide Sonia à moissonner les papiers et les canettes tandis qu'elle m'expose certaines appréhensions qu'elle a, vu la configuration du ciel en cette nuit de pleine lune, et concernant la suite des événements. Je lui dis que je ne vois rien de spécial et que nous avons connu des tas de soirées identiques, avec sans doute des combinaisons différentes mais qui ne changent rien. Elle me l'accorde et hoche la tête sans être convaincue. Elle regrette de ne pas avoir son marc de café sous la main pour vérifier certaines choses, ou mieux : son bouquin chinois.

— Enfin tout de même, ce pauvre Victor !..., me le désigne-t-elle de la pointe du menton. Il déraille complètement !...

— Il a un peu trop bu, fais-je avec un haussement d'épaules. On a tous connu ça.

— Tiens-le tout de même à l'œil. Tu sais, dommage que tu ne puisses pas voir son aura. Je crois que tu comprendrais... On dirait une serpillière jetée sur ses épaules.

— Tu m'en avais dit autant de la mienne quand j'ai eu cette histoire avec Élisabeth. Et je suis toujours là...

— Toi, c'est autre chose. Tu n'en avais plus du tout. J'ai cru que tu étais mort, m'annonce-t-elle en riant.

Nicole repousse Patrick d'un coup de pied sur le nez mais je ne veux même pas le savoir et Paul fait comme moi et me demande si Juliette prend pas des risques à quarante ans passés. Je m'assois près de lui et on échange le peu d'informations que l'on a glanées ici et là sur le problème, tout en visant le feu avec des petits projectiles, ce qui nous tombe sous la main. J'attends qu'Élisabeth se libère en veillant à ne pas me retrouver coincé de mon côté et je me rapetisse dans l'herbe quand j'aperçois Victor tourné dans ma direction. Au même instant, la main de Ralph s'abat sur mon épaule :

— Il va falloir qu'on discute de certaines choses, toi et moi!..., me déclare-t-il sur un ton mou avant de se laisser tomber à mes côtés.

Il cherche ses cigarettes, et ce qu'il peut bien avoir à me dire. «Où est-ce que t'es?» grogne-t-il après son paquet. Pendant ce temps-là, Victor remonte et s'installe en face de moi, se pliant avec la grâce d'une chaise longue.

— Alors? Qu'est-ce qu'elle t'a raconté à mon sujet? ricane-t-il en palpant du bout des doigts les inhabituels contours de son visage.

Je me sors de là comme si le feu avait pris à mes vêtements, d'une seule enjambée, comme si j'avais senti des murs se rapprocher, comme si j'étais un poisson qui leur filait entre les doigts. «Elle nous a rien raconté du tout», fais-je en reculant d'un pas et je me mets à arranger le feu.

Et Patrick me tire la manche :

— J'y pige que dalle! marmonne-t-il.

J'en ai presque un couinement épouvanté, je m'écarte aussitôt de lui :

— Y'a rien à comprendre! fais-je pour m'en débarrasser. Retournes-y!

Je ramasse un caillou et le lance dans la Sainte-Bob, par-dessus la tête des filles. Je croise le regard d'Élisabeth.

— Nous avons prévu une croisière, me confie Sonia. Les enfants ont décrété que c'était ringard, mais à partir d'un certain âge, ça n'a plus beaucoup d'importance, tu n'es pas de mon avis?

— Ça en a déjà plus à partir du mien, fais-moi confiance!

Notre petite croisière, à Élisabeth et moi, démarre le soir même, mais avec du retard sur l'horaire, compte tenu de la nature emberlificotée des choses. Nous embarquons donc vers une heure du matin après avoir filé ventre à terre dans la pénombre et graissé la patte à Théo pour qu'il nous arrange le coup. Je prends des bières et des coussins et je laisse les rames à Élisabeth.

— Ne te tiens pas trop près du bord! déclaré-je en m'installant. Ne laisse approcher personne! (Je fixe les bières au bout d'une corde et les plonge à l'eau pour les maintenir au frais, puis je m'assois dans le fond du canot, face à elle, comme dans un fauteuil avec les plats-bords en guise d'accoudoirs.) Eh bien, dans l'ensemble, c'est une journée pas trop mal réussie. Et quel temps, mes amis!

On se tient à distance de la berge, aussi long-temps que ça bouge dans la lueur des feux et d'autant qu'on n'est pas fichus de les recon-naître, celui-là ou un autre, puis on se rabat après avoir franchi la ligne d'arrivée et je guide Élisabeth dans un bras mort où elle peut souf-fler et me promener comme sur un lac. En fait de souffler, elle m'apprend que Juliette démé-nage demain.

— Ça laisse pas beaucoup de temps pour se retourner, calculé-je.

— Oui, mais je crois vraiment qu'elle n'en peut plus. Et ça lui donne jusqu'au jeudi de l'Ascension pour s'installer.

— Au moins, elle garde la tête froide, on pourra pas soutenir le contraire.

Ce n'est pas une partie de rigolade qui s'an-nonce dans les heures qui viennent, mais je ne ressens rien, je crois que ça m'est égal et je le dis à Élisabeth.

— Bien sûr, c'est parce que t'es d'un genre particulier, m'explique-t-elle. On en a déjà parlé.

— Mais en même temps, ça me manque.

Elle prend un air amusé et nous propulse en douceur.

— Tu voudrais quand même pas tout avoir, plaisante-t-elle.

Je repêche une bière. Je l'ouvre et elle nous saute à la figure.

— Ça peut prendre toute une vie de savoir

ce qu'on veut, fais-je en maintenant le geyser à bout de bras. Et même peut-être plusieurs vies. Jusqu'au jour où ça s'impose tout bêtement.

Nous en buvons un coup tous les deux.

— T'es pas quelqu'un de facile à vivre, Francis, mais ça peut aller.

— Le but, c'est de se sentir apaisé. Y'a rien d'autre. Strictement rien.

On se fixe une seconde avant qu'elle ne reprenne l'exercice et tire un bon coup sur les rames.

— Peut-être..., réplique-t-elle avec l'air de me regarder par en dessous. Mais ne crois pas que tu peux t'endormir sur tes lauriers. Oublie pas que ça s'entretient.

— On a une marge de manœuvre.

— Fais comme si elle existait pas. Suis mon conseil.

— Au fond, je suis content de pas t'avoir connue quand t'étais plus jeune. Tu devais cavaler vite.

— Je veux bien qu'on ait réglé des tas de problèmes, toi et moi. Mais pas celui de la course.

Je la considère de la tête aux pieds pendant qu'elle nous balade avec un demi-sourire qu'elle adresse alentour et je me sens fier de moi.

— Ça serait bien si tu enlevais ta culotte, lui dis-je.

— Oh, j'en doute pas!... répond-elle en s'exécutant de bonne grâce.

Elle m'envoie l'objet en question et retrousse

sa jupe sur ses cuisses juste comme il faut, éva-
luant d'un coup d'œil mon angle de vision et
l'intensité du clair de lune, avant de se remettre
à la tâche, les reins basculés en arrière.

— Et si Victor faisait le con? murmuré-je le
regard dans le vague, sa culotte pendue à mes
doigts comme un mouchoir de dentelle.

Je n'ai pas de réponse et ne suis même pas
sûr qu'elle m'ait entendu. De mon côté, je
parle de Victor mais mon esprit enregistre le
paysage, le léger sifflement de l'eau contre la
coque, l'odeur de terre mouillée qui vient des
berges. Sans même y prêter attention, je rentre
le bras pour soustraire la culotte d'Élisabeth
d'une paire de mâchoires qui claquent dans le
vide et replongent dans une gerbe de gout-
telettes scintillantes. Débarrassé de l'intrus, je
replace mon bras par-dessus bord et la parure
d'Élisabeth se remet à flotter vaillamment dans
l'air moite.

— Fais-y attention, me dit-elle. J'y tiens.

— Je sais que tu y tiens. Tu la portais lors de
notre premier rendez-vous et tu la laves toi-
même à la main. J'y tiens peut-être davantage
que toi, si tu veux savoir.

— Dis-moi, tu trouves pas bizarre qu'un
poisson s'en prenne à la culotte d'une femme?

— Tu sais, plus rien ne m'étonne. C'est une
jungle.

Il est encore plus rapide, cette fois. Manque
de bol, il a encore affaire à moi et il repart de

nouveau bredouille, claquant l'air d'une contorsion furieuse.

— Dommage que j'aie pas mon matériel, soupire Élisabeth. Quel âge il peut bien avoir, à ton avis ?

— Je dirais l'équivalent de la trentaine, non ? Il est encore un peu excité... Mais c'est pas dit que ça va s'arranger. C'est l'image qu'on a de soi qu'empêche de progresser, tu me suis ? On n'est pas forcément pire, mais tellement différent de ce qu'on s'imagine. Ben lui, par exemple, c'est un poisson mais il le sait pas encore. Et tant qu'il le saura pas... (Je fais la moue et hausse les épaules.) Ben, il a pas fini de s'envoyer la tête contre les murs.

Les sombres rangées d'arbres, de chaque côté du ciel illuminé comme une autoroute, défilent avec une lenteur agréable. On entend un crapaud. Le grincement d'une branche qui plie et se redresse sous l'envol d'un gros oiseau de nuit. Zzzz... et zzzz... font les moustiques qu'un vieux relent de citronnelle rebute encore. Clip ! et clap ! font les rames. Coucou ! fait le petit oiseau d'Élisabeth chaque fois qu'elle se penche en arrière.

On décide de sauter à l'eau. On s'amuse un bon coup puis on remonte. C'est pas plus compliqué que ça.

— Ma foi, c'est toi qui le dis, Francis... Mais c'est pas aussi simple.

Nous sommes sur la route. Le jour se lève à peine mais nous finissons par trouver une station-service ouverte et je fais quelques provisions tandis que Ralph se charge de remplir une thermos de café brûlant. L'air est frais au-dehors. Dès que nous avons commencé à grimper, nous avons dû enfiler des chemises épaisses car nous avons baissé nos vitres histoire de dessaouler un peu. Ralph, ça l'a réveillé tandis que Victor s'est effondré sur le siège arrière. On a eu peur qu'il vomisse mais il n'en avait sans doute plus la force. Comme la voiture n'est pas à nous, Ralph accepte que le pompiste se livre à toutes les vérifications possibles et nous avalons un café sur l'esplanade, à la lueur des enseignes lumineuses. La cime des pins noirs, en contre-bas, surgit d'un étang de brouillard qu'on a traversé en n'y voyant pas à cinq mètres et que l'on retrouvera de l'autre côté, quand nous aurons franchi le premier col. Le ciel est encore étoilé mais les bois qui nous entourent commencent à étinceler faiblement dans la lumière du jour. D'après Ralph, nous en avons encore pour une heure de route et presque autant à travers les chemins forestiers.

Je jette un coup d'œil à l'intérieur de la voiture pour vérifier que Victor est toujours endormi et Ralph ricane dans mon dos :

— Tu crois ça que je vais coucher sous la même tente que lui ?!...

— On avisera le moment venu.

Je prends ma trousse de toilette dans le coffre et lui conseille d'en faire autant. Lorsque Élisabeth et moi sommes rentrés de notre balade en bateau, ils étaient tous encore là, et bien remontés, pas fatigués pour un sou, et il y a eu des vagues à certains moments, ça a duré jusqu'à quatre ou cinq heures du matin avec le verre à la main. Si bien que Ralph et moi avons dû embrayer dans la foulée et embarquer Victor sans perdre de temps, compte tenu qu'il fallait aller chercher le tout-terrain à l'autre bout de la ville et passer récupérer les armes au poste, dans son armoire personnelle. Résultat : on a des têtes à faire peur.

Sous la lumière crue des toilettes, le spectacle est encore moins réjouissant. On s'examine un instant en silence, penchés au-dessus des lavabos, et on ne trouve rien qui puisse nous mettre de bonne humeur pour commencer la journée.

— J'aime bien avoir le temps de réfléchir à une situation, marmonne-t-il en s'inspectant le blanc de l'œil. J'aime pas être bousculé.

Je me brosse les dents. Avoir de bonnes dents, c'est un capital, surtout à nos âges.

— Si toi ça te fait rien, continue-t-il, ben pas moi.

— J'ai pas dit que ça me faisait rien. J'ai dit que ça me faisait pas *grand-chose*. Y'a une nuance.

Il boit un peu d'eau au robinet puis s'asperge la figure.

— J'aime pas me sentir roulé, tu comprends? Et l'autre, là, elle nous le fiche entre les bras, et allez-y, démerdez-vous! Pendant ce temps-là, elle déménage. C'est pas nous prendre pour des cons?!...

On plie un peu les jambes et on se coiffe.

— Ça se prépare pas comme ça, moi je te le dis! Faut être quand même un peu dans le bain, avoir un minimum l'esprit à ça!...

— Ça va aller. Ça va nous dégourdir les jambes.

— Ben voyons! Heureux qu'on parle la même langue, toi et moi! Ah, je sens que ça va être une vraie partie de plaisir!...

Je lui refais son pansement.

— Je voulais passer la voir, ce matin. Lui dire que j'étais pas fâché. Alors explique-moi un peu pourquoi je suis là.

— Parce qu'il l'aurait fait pour toi ou pour moi.

— Ben à partir d'aujourd'hui, je veux plus qu'il fasse rien du tout pour moi!

— Ça, c'est intelligent.

— Et alors, c'est mon droit, tu permets?!...

— Qu'est-ce que tu proposes?! Merde, elle le poignarde sous nos yeux! Tu veux quoi? Tu veux l'achever?!

On remballe nos affaires et nous voilà repartis avec la barbe drue mais avec un pare-brise impeccable et un coup de déodorant sous les bras.

259

Aussitôt que nous rentrons sous la forêt, la nuit retombe. J'allume le plafonnier et Ralph m'épie d'un air dégoûté dans le rétroviseur tandis que j'arrange une couverture sur Victor que la chute d'un sac sur le coin de la figure ne fait même pas broncher.

— Ça va, le petit chéri? me demande-t-il pendant que je reprends ma place.

— J'imagine qu'on doit frôler le coma éthylique.

— Monsieur le *professeur* Victor Blamont!..., ricane-t-il dans la lueur du tableau de bord. Président de club et notoire suceur de queues!...

Je ne dis rien et sers des cafés pendant qu'il rétrograde et que le plumeau des phares bascule en avant, au travers d'un rideau de troncs rectilignes comme les barreaux d'une prison. Deux virages plus loin, nous sommes engloutis par un brouillard à forte odeur de champignon, un peu moins dense que tout à l'heure mais nettement plus parfumé.

— Je sais pas de quoi ça vient, me dit-il. C'est comme ça. Y'a toujours une odeur de champignon par ici.

— Y'a des choses qui s'expliquent pas. Y'a aussi des choses que tu penserais jamais pouvoir faire et pourtant ça arrive.

— Écoute, te fatigue pas à lui chercher des excuses.

— Je parlais pas forcément de lui. Mais ça prouve à quel point il était chamboulé depuis

des mois. C'est comme une espèce de méno-
pause, ça peut te monter droit au cerveau et tu
commences à paniquer, à plus savoir où t'en es.

— Ouais, ben ça m'arrive de plus savoir où
j'en suis, mais je me suis jamais fait enculer.

— Ça se discute pas, ces trucs-là. Moi, par
exemple, tu me feras jamais avaler un morceau
de betterave. Ça veut pas dire que j'en pense
quelque chose. Tu peux t'en envoyer un plat
entier devant moi et je te demanderai même
pas ce que tu y trouves.

Je le laisse négocier quelques virages assez
longs et qui piquent tellement du nez que nous
nous retrouvons sous la nappe de brouillard,
dans une ambiance glauque, comme si la voiture s'échouait au fond d'un lac translucide.

— J'ai eu ce problème avec mon frère. Il a
fallu que je me penche sur la question.

— Ça va, à la rigueur, quand on sait à quoi
s'en tenir. Mais Victor, on l'a serré dans nos
bras à un moment où il avait ces saloperies en
tête. C'est ça que je digère pas. C'est comme
s'il m'avait pris quelque chose.

— Ralph, sans blague, t'as une drôle de
conception de l'amitié.

Il plisse les yeux comme un Chinois et me
regarde en coin :

— T'as des leçons à me donner, à ce
sujet?!... Je t'ai déjà fourni une occasion de
penser que je savais pas ce que c'était? (Il se
met à hocher la tête en fixant de nouveau la

route.) Si on en parlait de la tienne de conception... (Il me considère de nouveau, avec un air
sardonique :) Tu te couperais un bras pour moi
ou simplement le petit doigt?

— Va pour le petit doigt.

— Et encore, je suis même pas sûr que tu le
ferais!... C'est jamais très clair avec toi...

— Attention, dis-je. Y'a une grosse bestiole
sur la route.

On freine. Comme nous ne roulions pas vite,
la couverture glisse mais Victor ne dégringole
pas du siège. Et qu'est-ce que l'on découvre,
sous nos yeux rougis par la fatigue, à une vingtaine de mètres, paralysée dans le collimateur
des phares et enveloppée dans des volutes de
coton maussade? Une chèvre!

— À la limite, c'est même pas naturel, ton
attitude, continue-t-il en allumant une cigarette. Tu sais, au fond, ce que je me demande?
C'est si t'es pas tombé de l'autre côté. Je veux
dire, si y'a rien qu'Élisabeth qui compte pour
toi, si tout le reste vient pas en second. Et l'amitié, ça peut pas venir en second, c'est ça ma
conception. Et je crois pas que ça soit la tienne.

Je lui touche le bras.

— Merde! ronchonne-t-il en me repoussant.
C'est qu'une bonne femme, après tout! C'est
pas le Seigneur Tout-Puissant!

— Vise plutôt la chèvre, lui conseillé-je dans
un souffle.

S'effilochant comme les bandelettes d'une

momie dans un courant d'air, le brouillard se disperse autour de l'animal, tombe en poussière comme le plâtre d'un moule, et qu'est-ce que nous avons là? Une biche, mes enfants! La tendre et délicate femelle du cerf, avec son petit ventre blanc et ses grands yeux de femme pleins de sentiments et de mystère!

— Ben qu'est-ce qu'elle fout là? s'interroge Ralph. En général, elles descendent pas si bas.

— Ça dépend ce qu'elles cherchent. Parfois, elles sont drôlement courageuses.

— J'ai beau être habitué, je suis toujours sur le cul quand j'en vois une. Ça me donne le frisson.

— T'as vu ça, cette impression de douceur que ça dégage?

— Oui, mais gare aux coups de sabot! On dirait pas, mais elles t'envoient un sanglier dans les décors comme qui rigole!

Elle disparaît d'un bond.

— Y'a aussi que tu tournes la tête une seconde, déclare-t-il sur un ton désabusé, et l'instant d'après y'a plus personne.

Nous reprenons la route dans cet espace étroit pratiqué entre le sol et le plafond opaque d'où descendent et virevoltent des rideaux de brume, puis nous attaquons une côte et nous ne voyons plus rien.

— Parfois, je me dis que t'en fais plus pour lui que pour moi, m'annonce-t-il au moment où je lui offre un sandwich.

— Ça va plutôt mal en ce qui le concerne. C'est plus facile. Et toi, tu tiens le coup. Tu peux encore redresser la barre avec Monique.

— Ouais, mais ça sera plus ce que c'était et on en est conscients. C'est surtout ça qui nous bloque. On n'arrive pas à mettre le doigt dessus. Au fond, on n'est pas certains de vouloir quelque chose... Tu vois, c'est pour ça que ça m'arrangerait si t'étais plus disponible. Pas forcément pour me conduire à l'hôpital.

— Je fais ce que je peux. Mais me demande pas de choisir... Tiens, je vais te dire un truc que j'ai fini par comprendre et qui doit rester entre nous, t'entends?! Ben écoute..., mon père a bien zigouillé ma mère, c'est Marc qui avait raison pour une fois. Tu veux savoir pourquoi? Parce qu'ils avaient pas les moyens de se séparer autrement. Enfin, ils étaient allés trop loin, tu saisis?... C'est ce que toi t'appelles « pas naturel ». Et ça, j'ai fini par le comprendre à force de regarder mon père dans le blanc des yeux, jour après jour, sans qu'il m'en lâche un seul mot. Même que ça lui plaisait pas, qu'il trouvait que j'étais pas un bon garçon...

— Hé, je te demande pas de buter Élisabeth, qu'on soit bien d'accord là-dessus.

— C'est d'aller trop loin, que je te parle. D'où t'es pas en train de te demander ce que tu veux. Mais tu vois, ça peut aussi se terminer mal. C'est tout ou rien, à ce qu'on dirait. On n'a même pas une espèce d'assurance de quoi que ce soit.

On a encore une moitié de sandwich à la main lorsque nous sortons de la brume, le capot de la voiture dressé en avant et presque au pas, les yeux ouverts comme des soucoupes. Le ciel est tout juste pâle et les petites fleurs du bord de la route sont toujours endormies. Je remplis nos tasses de café et nous nous arrêtons pour le boire et nous étirer un peu, nous donner des claques sur les joues et regarder le paysage qui émerge d'un océan de mousse a raser.

— Dis, Ralph, sommes-nous bien loin du but?

Une demi-heure plus tard, au terme de certaines hésitations dans les entrailles d'un labyrinthe de fourrés et de branches, de furieuses marches arrière sur des chemins couverts de boue, d'avis contraires, de patinages anxieux et de secousses qui nous collent au plafond, Ralph retrouve enfin le coin qu'il cherchait et Victor va vomir dans les buissons.

— Le rêve! annonce Ralph en mettant pied à terre, les bras tendus, les mains tournées vers le ciel. Mon jardin secret!

Ravi, il m'emmène voir le ruisseau qu'il considère comme l'avantage numéro un de notre futur campement, lequel sera planté bien au sec, de l'autre côté, sur un plat de roche en saillie surplombant les environs. Il paraît que tout est au poil, que la pierre y est lisse comme la main, qu'il n'y a rien au-dessus de nos têtes et qu'on peut donc y dormir à la belle étoile. Il a hâte de me montrer ça et on retourne vers la voiture, une herbe dans la bouche, au moment où Victor pousse un râle à vous glacer les sangs.

— C'est rien, nous déclare-t-il quand on arrive.

— Alors si c'est rien, pourquoi tu te mets à gueuler comme ça?! grogne Ralph.

— Ne faites pas attention. Ça m'est sorti de la poitrine.

— Tu veux dire, comme ça?..., l'interrogé-je. Une espèce de spasme?

— Y'a rien de tel qui peut sortir comme ça, maugrée Ralph. Tu nous as fait le même coup avant qu'on parte, que tout le monde a cru que tu perdais la boule. Putain, tu commences mal la journée!...

— Celle-là et d'autres, mon vieux, j'en ai peur... À propos, où sommes-nous? Remarquez, je vous demande ça, mais ça m'est égal.

Nous l'observons du coin de l'œil pendant que nous déchargeons le matériel, et Ralph lui-même admet que notre camarade est dans un piteux état.

— C'est toi le docteur, lui dit-il. T'as pas des médicaments ou des trucs à prendre?

— Pourquoi? Je ne suis pas malade, murmure Victor avec un air de déterré.

On s'assoit sur les sacs pour boire un café avant d'entamer l'ascension vers notre petit nid d'aigle et d'y planter notre tente comme des

266

grands. Ralph nous donne nos fusils, les examine avec nous et nous dispense quelques conseils éclairés à propos de leur maniement.

— T'écoutes ce que je te dis ? fait-il à Victor qui semble à des kilomètres.

— Quoi ?... Oh oui, bien sûr, je sais ce que c'est qu'un fusil.

— Parce qu'on est là pour toi. On est là pour te changer les idées.

Victor se force à sourire et c'est pire que s'il n'avait rien essayé du tout. Même les jolies clochettes de lumière qui se mettent à pendre sous les branches en sont ternies. Mais c'est le moment que Ralph choisit pour enfoncer le clou. Il se penche en avant et va lui grimacer sous le nez :

— Mais qu'est-ce qui t'est passé par la tête, nom d'un chien ?! Faut quand même que t'aies des penchants bizarres, tu crois pas ?!

Victor hausse vaguement les épaules avec un petit rire nerveux et dépité :

— T'es-tu déjà demandé qui tu étais réellement ?..., soupire-t-il.

— C'est pas une question que je vais me poser sur l'épaule d'un moustachu, sois tranquille ! grince Ralph entre ses dents. D'ailleurs, y'a une chose qui sera plus jamais pareille entre nous, je veux pas te raconter d'histoires.

— Très bien, Ralph. Je ne peux pas t'en vouloir..., déclare Victor pour qui ça ne s'arrange pas.

— Merde, tu m'étonnes que Juliette en ait eu marre avec tes expériences! Faut pas non plus les rendre cinglées!...

Victor se mouche.

— Il fait un peu frais, dit-il. Vous ne trouvez pas? Je devrais mettre quelque chose...

On attrape les sacs et on se met en route, le fusil à l'épaule. Il nous annonce qu'il se lave la figure et nous rejoint.

Cent mètres plus loin, tandis que nous gravissons un vague sentier pierreux, Ralph continue de ronger son frein et se retourne :

— J'ai charrié, c'est ça?!...

— Non, il est en train de récolter ce qu'il a semé. Toi et moi, on n'y est pour rien.

On en profite pour s'éponger le front et on s'assoit.

— Comment tu veux repêcher un type qui saute à l'eau avec des pierres plein les poches?!..., fait-il en secouant la tête.

Dégringolant d'entre les branchages, le soleil nous tombe dessus comme au travers d'une poêle à marrons et picore le périmètre au milieu des chants d'oiseaux.

— D'un autre côté, faut parfois toucher le fond pour remonter, avancé-je.

— Oui... En théorie, je dis pas. Mais je vois plutôt ça sur un plan horizontal, comme une course dans l'obscurité.

— C'est bien possible. Mais note que sur un plan vertical, tu as cette idée de *rebondir*.

D'ailleurs, superpose les deux et t'as un parcours en dents de scie.

— Dans le noir total, je précise. Quand t'es en bas, tu peux te briser les jambes. Et parfois, quand t'es en haut, c'est pour te fracasser la tête. C'est une espèce de fatalité.

— D'après Sonia, faut choisir la Voie du Milieu. Mais attends, faut qu'elle m'en parle un peu plus. Je te tiendrai au courant.

— Dis donc, tu sais que je la trouve marrante, cette bonne femme ?!

Et alors on entend une sacrée détonation, un coup de fusil à nous faire dresser les cheveux sur la tête, répercuté par un écho qui n'en finit plus.

Pour commencer, Ralph et moi, on n'ose pas se regarder. Je saisis une brindille et taquine une fourmi penchée sur le rebord d'une feuille édentée pendant que Ralph se caresse la nuque. Puis il cueille une petite fleur jaune et la serre entre ses dents tandis que je m'éclaircis la gorge.

— C'est bizarre comme on est bien ici, malgré tout, murmuré-je.

— Qu'est-ce que je t'avais dit !...

— Franchement, je pensais qu'il allait s'en sortir... Mais non. Il a choisi la grande porte. Ça me fait un choc.

— Ouais... C'est jamais drôle, ces histoires. C'est pas très encourageant pour les autres, faut dire ce qui est.

On regarde un peu les choses autour de nous. On se regarde avec les sourcils en accents circonflexes. On croise les bras.

— Dans le fond, c'est vieillir qu'est une tragédie…, ajoute Ralph.

— Et aussi de pas savoir qui on est.

— Ouais. Et encore, c'est pas tout.

— Loin de là.

Et on continue à se faire de la bile, à remuer le couteau dans la plaie, à se tenir le menton, à plus ou moins ruminer ce genre de choses par une belle et terrible matinée de mai, quand Victor apparaît au détour du sentier, livide et gesticulant comme un spectre.

— Sainte Mère de Dieu, les amis!…, suffoque-t-il. J'ai failli m'envoyer une balle dans le pied!